目次

大河の剣（六）

稲葉 稔

角川文庫
23427

第一章　不穏な噂

一

安政五年（一八五八）六月二十三日――
房州武者修行の旅をしている山本大河は、同じ桶町千葉道場の門弟・吉田徳次とともに佐倉にいた。

今日は佐倉藩の藩校である盛徳書院にて、同藩きっての練達者だという半澤成恒との立ち合いである。

「それにしてもまた蒟蒻です」

徳次が蒟蒻の煮物を箸でつまみ、もううんざりだという顔をする。大河はちらりと見ただけで飯を頬張り、給仕をする宿の女中にお代わりだと飯碗を差し出した。

「まあよく召しあがりますね。これで三杯目ですよ」

「もう一杯は食える」

大河が答えると、女中はあきれたような顔をして飯をよそった。

「山本さん、昨夜も蒟蒻料理が出ましたね」

また徳次が蒟蒻の話をする。

「ああ、あの薄切りの刺身にした蒟蒻はいい酒の肴になった」

昨夜、大河は蒟蒻の刺身を肴に、五合の酒を飲んでいた。

「他にもありました。蒟蒻の串焼き……」

「なんだおまえは蒟蒻が嫌いか？　他にも蛸とか佃煮があっただろう」

給仕をする女中がくすっと楽しげな笑いを漏らした。

「嫌いじゃないですが、やけに蒟蒻料理が多いなと感心しているんです」

徳次はふっくらとした饅頭顔を女中に向ける。

「佐倉は蒟蒻が名物ですから、そうなんですよ。この辺の人はみんな蒟蒻が好物です」

徳次はふうんと、うなずいて箸を動かす。

朝餉を終えると、客間に戻りゆるりと茶を飲んだ。かしましい蟬の声が表から聞こえてくる。軒先に吊された風鈴の音が聞こえなくなるほどだ。

「二日も待たされての立ち合いだが、半澤成恒という男はいかほどの腕があるんだろうな」

大河は真っ青に晴れわたっている空を眺めて、独り言のようにつぶやく。

「聞いたところでは立身流の免許の他に、居合いの目録も持っているということですからかなりでしょう。それに盛徳書院では半澤さんの右に出る者はいないと申しますから……」

「それがほんとうなら楽しみだ」

大河は徳次に顔を戻して、

「今日の試合を終えたら江戸に戻ろう。武者修行もこれで最後だ」

と言った。

「もう終わりですか。なんだかあっという間でしたね」

「そういうもんだろう」

江戸を発ったのが二月の末だったから、約四ヶ月の旅をしていることになる。

大河と徳次はその旅であった出来事を思い出しながら話した。しかし、大河にとってはいささか物足りない武者修行の旅だったという感がある。

自分を負かす練達者がいてもおかしくないと思っていたが、蓋を開けてみればさほどのことはなく、連戦連勝したと言っても過言ではない。

（おれより強い相手はおらんのか……）

だから、

（半澤成恒がいかほどの者であるか）

楽しみでならなかった。

盛徳書院は佐倉城大手門のそばにあった。

立派な高麗門を入るとすぐに広場があり、右側に縁側を開け放した演武場があった。

「山本様、お待ちしていました」

門を入ったところで、二日前に取次を頼んだ半澤の弟子が、こちらですと案内をしてくれる。大河と徳次はあとに従い、演武場に入った。

そこは広い道場で、壁際には無数の竹刀と木刀、棒、槍が掛けられており、上座にでんと控えている男が、大河にひたと視線を向けてきた。壁際には三十人ほどの門弟がいた。ほとんどが武芸を嗜んでいる藩士のようだ。

「山本大河です。お忙しいなかお暇を頂戴いたし恐縮でございます」

大河は下座につくなり慇懃に挨拶をし、徳次を紹介した。

「半澤成恒である。山本殿は北辰一刀流の桶町道場のご門弟と伺ったが……」

半澤は表情ひとつ変えず大河をひたと見つめた。やや不遜な面構えだ。年は同じぐらいであろうか。

「さようです」

「免許を持っておられる……」

半澤は見下したもの言いをする。大河はひとつ息を吸って吐き、

「北辰一刀流は初目録、中目録免許、大目録皆伝の三つしかありません。わたしは皆伝を授かっています」

半澤の片眉がぴくりと動いた。

「では、かなりの腕がおありなのだろう。何故、わたしに試合を申し込まれた？」

「半澤さんがかなりの腕だと耳にしましたので是非にもと思った次第です。ここ房州にあって、半澤さんの名はかなり通っています」

半澤は口の端を少しゆるめ、自信と余裕のある笑みを浮かべた。

「わたしは忙しい身の上。では早速お手合わせいたそうか」

「望むところ」

大河が答えると、半澤が道具（防具）の支度を門弟に命じた。勝負は三番と半澤が勝手に決めたが、大河に文句はない。

二

支度を終えた二人は道場中央に進み出ると、作法どおりの礼をして立ち上がった。そのとき、大河は眉宇（びう）をひそめた。

通常は立ち上がって右手で竹刀を出し、それに左手を添えるのだが、半澤は立ち上がる前から両手で竹刀をつかんだからである。

（それが立身流の流儀なのか……）

大河は胸中でつぶやき、竹刀を中段に取り前に出た。

半澤も前に出てくる。大河のほうが背は高いが、半澤も見劣りしない体つきだ。双眸（そうぼう）を光らせじりじりと間合いを詰めてくるなり、気合い一閃（いっせん）、突きを送り込んできた。

大河は切っ先で払ってかわし、わずかに下がった。即座に半澤が袈裟懸（けさが）けに打ち込んできた。大河は軽くいなすように跳ね返す。

「むっ……」

半澤の形相が変わった。後ろに引いた足の踵を上げ、軽く腰を前後に動かした。いつでも打って出られるという体勢だ。

大河は隙を窺いながらすっと前に出た。同時に、それまで水を打ったように静かだった道場に雷鳴のような気合いを発した。

「おりゃりゃー！」

その大音声に半澤は上げていた踵をおろした。

瞬間、大河は前に跳ぶなり、一閃の早技で半澤の面を打っていた。バシッと、打ち込まれた竹刀が音を立てた。

一本取られた半澤の顔色が変わっていた。余裕の色が消え、先ほどまでとは違った目で大河を見てきた。

「お見事」

そう言いはしたが、その声に悔しさがにじんでいた。大河は面のなかで小さく笑んで前に出た。「さあ！」と、気合いを発する。

半澤も気合いを返してきた。同時に激しく打ちかかってきた。互いの竹刀の打ち合わさる音が道場内にひびいた。踏み込む足音、板を蹴る音、気合い、そしてまた竹刀のぶつかる音が渾然一体(こんぜんいったい)となった。

傍目には激しい打ち合いに見えたかもしれないが、そのじつ、大河はことごとく半澤の打ち込みを受け、かわしているだけだった。

案の定、半澤の息が上がったのがわかった。しかし、半澤は人を食い殺さんばかりの真剣な目で迫ってくる。面を狙って打ち込まれた渾身(こんしん)の一撃を跳ね返すと、半澤は半ば啞然(あぜん)とした顔で一度離れて自分の間合いを取った。

「おりゃあ！」

半澤が気合いを入れ直して間合いを詰めてくるや、竹刀を上段に移し、頭上高くから半円を描くように打ち込んできた。立身流独特の「豪撃(こわうち)」という技だった。

だが、その竹刀がおろされる前に大河は素早く動いた。胴を抜くなり、半身をひねって振り返ると、半澤の脳天に竹刀を打ち込んでいたのだ。

胴を抜く音、脳天をたたく音が重なり、半澤の竹刀が力をなくして空を切った。半澤の足がよろけ倒れそうになった。

そのとき、見学をしていた門弟らがどよめくと同時に尻(しり)を浮かしたのを、大河は目の端で見ていた。

半澤は悔しそうに口を引き結び竹刀を構え直した。まだ脳天を打たれた衝撃があるのか、体がふらついている。

大河はこのとき、千葉栄次郎に言われた言葉を思い出した。それは二年ほど前の正月のことだった。

――おれはな他流試合をやるときに一番だけ譲ってやるときがある。

――なぜです？

大河は疑問に思って訊ねた。

――相手に大勢の門弟がいて、その門弟の前で恥をかかすことはないだろう。少しぐらい華を持たせてやるのも武士の情けだ。

大河は「へえ、そういうものか」と、思ったのだ。しかし、そのことをいま思い出していた。半澤は自信に満ちていた。いまやその鼻をへし折ったも同然である。

（わかりました）

大河はそこにいない栄次郎に、心中で応じた。

立てつづけに負け越している半澤は、少し時間をかけて間合いを詰めてきた。大河はすぐに詰めず、右にゆっくりまわった。半澤の剣尖が合わせて動く。

かなり用心深い動きだ。ようやく大河の強さを思い知った目つきでもある。

右にまわっていた大河は突如足を止め、自分の間合いで半澤と正対した。剣尖を小刻みに動かす鶺鴒（せきれい）の構えに入る。

対戦者はその動きに惑わされ、詰めてこられないときがある。

しかし、半澤は詰めてきた。すっと右足を前に出し、左足を引きつけながら大河の剣尖をうるさいとばかりに払った。

カチャカチャと竹刀が鳴る。大河がすっと半歩下がったとき、半澤の竹刀が伸びてきた。刹那（せつな）、大河の右小手に小さな衝撃。一本決めたぞという半澤の気合い。見学をしていた門弟らから「おー」という安堵（あんど）の声が漏れる。

大河は負けを認め、ゆっくり下がって礼をした。半澤は不満げであったが、自分で三番勝負だと決めていたので引き下がるしかない。

「お忙しいところお相手いただきありがとう存じます。初めて立身流の方と手合わせさせていただきましたが、半澤さんの腕前恐れ入りました」

「山本殿、このあとお急ぎでござろうか」

半澤の態度が変わっていた。

「急ぎの用はありません」

「ならば茶でも飲んで行ってください」

半澤は忙しい身の上と言ったはずなのに、茶をもてなしてくれるようだ。大河には断る理由がない。

「はは、喜んで」

大河と徳次は演武場の奥の間に案内され、そこで茶をもてなされた。

半澤は他の門弟を入れず、茶を運んできた逸見宗助という若い門弟だけを控えさせた。

「山本さん、あなたのことは忘れません。今日はよい日でした。まったくあなたには歯が立たなかった。おのれの未熟さを思い知らされました」

半澤は人が変わったように殊勝だった。最後の一番で大河に勝っているが、それは勝ちを譲られたのだとわかっているようだった。

「いえ、わたしもよい試合をさせていただきました。ひとつお尋ねしますが、立ち合うときになぜ両手で竹刀をつかまれるのです？　居合いの応用でしょうか？」

大河はまっすぐ半澤を見た。

「よく見ておられる。いざ真剣で戦う場合は、立ち合いが勝負になると考えるのが常道でしょうが、戦いはその前にはじまっているはずです」

大河はなるほどと納得した。実戦においての「立ち合い」は互いに鞘を払って刀を構えることはまずない。とくに戦場においてはそうで、鞘に納めたまま「居合う」のが通常である。

「すると、立身流は戦剣法でありますか」

「さよう、介者剣術を旨としております。命を取るか取られるかの真剣での立ち合いに、道場剣法は通じにくいはず。斬るか斬られるかの場で、遅れを取れば分が悪い。そのことを念頭に日々鍛錬をするのが我が流派です」

「なるほど、おっしゃることはよくわかります」

「なれど、山本殿の腕にはまいりました。それに打突の強さには舌を巻きました。二本目で頭を打たれましたが、一瞬目がまわったほどです。恐れ入りました」

半澤は小さく頭を下げて、控えている逸見宗助という若い弟子を見て、

「この男は十七代宗家の倅ですが、わたし同様に士学館で修練をするつもりです。かく申すわたしも改めて士学館で鍛錬させてもらうことになっています」

「すると、以前にも士学館で修行されていたので……」

「短い間ですが、刀術修行をさせてもらいました。その縁で上田馬之助殿や桃井春蔵先生を招いたこともあります」

「ほう」

どうやら房州には士学館の影響があるようだ。感心したという声を漏らした大河

は、馬之助や桃井に勝っていることは口にしなかった。代わりに玄武館と千葉道場のことを聞いた。

「もちろん知っておりますが、縁が薄く士学館のほうに世話になりました。なれど、この男は……」

半澤は逸見宗助を見てつづけた。

「十七代宗家の倅です。いずれわたしの跡を継いで宗家になる者で、士学館に修行に行くことが決まっています」

「すると半澤さんは十八代宗家……」

大河は目をしばたたいて半澤をあらため見た。半澤は小さくうなずいただけで、

「宗助、わたしはこう思う。今日の立ち合いを見てわかっただろうが、千葉道場の門をたたいてみては」

と、宗助に勧めた。

「是非にもお願いしたいものです」

「山本さん、江戸にお帰りになったらこの男のこと師範の耳に入れていただけませぬか」

「承知いたしました」

大河は快諾したあとで、江戸に戻るにはどの道を辿ればよいかと訊ねた。

「江戸まで当城下から約十三里半です。参勤の折には船橋宿で休み、その後、千住宿にて一泊したのちに江戸に入りますが、お急ぎでしたら船橋から行徳に出て舟にて本所に入ったほうが早いと思います」

「船橋までいかほどあります?」

「六里ほどでしょう」

「では船橋から行徳に出ることにします」

大河はそう答える矢先に、留守を預からせているおみつの顔を思い浮かべていた。

それからほどなくして大河と徳次は、盛徳書院を出て佐倉城下をあとにした。

三

北辰一刀流・玄武館千葉道場の当主・千葉道三郎は、水戸藩上屋敷を出たところだった。空をあおぎ見、唇を真一文字に引き締めた。道三郎は水戸家に馬廻役として召し抱えられている。れっきとした水戸藩士であるが、玄武館の当主であるために定府を許されている。

普段はお玉ヶ池の道場で門弟の指導をするが、ときに江戸藩邸においても指南役として役目を果たしていた。

小石川御門外にある上屋敷を出た道三郎は、神田川沿いの道を辿った。中間と小者を従えているが、これは道場の門弟だった。

（なにやらおかしい……）

内心でつぶやくのは、上屋敷での指南を終えたあとで、本殿控えの間に招かれ茶を供されながら茅根伊予之介と雑談をしたのだが、そのときのことが尾を引いていた。

茅根は元弘道館の館長で、いまは奥右筆頭取という地位にあった。茅根は他愛ない話をしたあとで急に表情を曇らせ、深刻な話をした。

それはこの年の四月に大老に就任したばかりの井伊掃部頭直弼が、前藩主の斉昭を疎んじ追い落とそうとしているということだった。水戸家は尊皇攘夷派が多数を占めており、井伊直弼が勅許を得ずに日米修好通商条約に調印したことに猛反対をしていた。その先鋒が水戸家の徳川斉昭だった。

——ま、斯様な話をしても事態がよくなるとは思わぬが困ったことだ。

茅根はそう言って大きなため息をついた。

道三郎は幕政にも藩政にも詳しくない。また、政に関わる気もないので、何故、そんな難しい面倒なことになっているのか理解できなかった。

――しかし、水戸家は御三家でございましょう。大老と揉めるとしても大事にはならないのではないでしょうか。

道三郎が言葉を返すと、茅根はかぶりを振って、

――幕府は変わりつつある。この日本の流れも変わりつつある。御三家の当主であろうが、いまは安泰とは言えぬ。

と、またため息をついた。

「いったいどうなっているのやら……」

道三郎が歩きながら疑問をつぶやくと、

「何かおっしゃいましたか?」

と、供をしている中間が声をかけてきた。

「いや、何でもない」

道三郎はそう言葉を返して足を早めた。

お玉ヶ池の道場に戻ると、母屋の私室で着替えをして道場に入った。門弟らが元気よく稽古に精を出していた。

（やはり、おれはここが一番落ち着く）

道三郎はそう思わずにいられない。だが、稽古中の者たちを眺め、そこに山岡鉄太郎（のちの鉄舟）を見つけると声をかけた。

「お戻りでしたか」

道三郎を振り返った山岡が声を返してそばにやって来た。

「教えてもらいたいことがあるのだ。少し暇をもらってよいか」

「ええ、かまいません」

山岡が承知すると、道三郎はもうひとり水戸家の門弟である大谷宇八郎をそばに呼んだ。大谷は水戸家の小姓頭で藩政に詳しく情報通だった。

「なんでございましょう？」

素振りで汗を流していた宇八郎は、荒い息をしながらそばにやって来た。

「おぬしは藩のご重役らのことに詳しかったな」

「はは、ご家老の安島様のおそば近くにいましたので……」

宇八郎が口にしたのは、水戸藩の家老・安島帯刀のことだった。

「とにかく教えてもらいたいことがある。ついてきてくれるか」

道三郎は二人を母屋に促し、座敷で向かい合い、その日江戸藩邸で剣術指南のご用を務めたあと、茅根伊予之介と雑談をしたことを話した。

「その席で茅根さんが時世が変わり、御三家である水戸徳川家も安泰ではないといった不安を口にされた。わたしは政に詳しくないが、何やら当道場に通ってくる門弟たちも尊皇だ攘夷だと騒いでいる。わたしも遅れを取ってはいけないと思うようになった」

「たしかに時世は変わりつつあります。それはペリーの浦賀来航に端を発しているといっていいでしょう」

口を開いたのは山岡だった。

「おぬしは清河八郎と昵懇の仲。その清河はその方面に詳しいようだな」

「清河さんが塾を開かれて以来、諸国からいろんな話が届けられるようになりました。わたしの知らないことが多くあり驚くほどです」

「例えばどんなことだ？」

道三郎は真剣な目を山岡に向ける。

「いろいろあります。いま話題になっているのは、やはり大老井伊掃部頭様が勅許を得ずにアメリカと不利な条約を結ばれたことです」

「それにはちょっとした経緯があります」

大谷宇八郎が言葉を挟んだ。

「どんな経緯があると申す？」

「少し話は長くなります」

道三郎はかまわぬから話せと促した。

四

「昨年、ハリスは江戸城に登り、将軍家定様に謁見いたしました。その折、ハリスは幕府ご重役連にイギリスが清国と戦をし、勝ったイギリスがさらに足を延ばして日本に迫る動きがある。それも軍艦五十隻の大軍で押し寄せてくると。もしさようなことが起きたら日本はどのように相対するかと考えを聞いたうえで、アメリカは東方に領土は求めないが、イギリスが攻めてくる前に条約を結んでおけば、日本は安泰だと言ったと申します」

「ハリスの脅しだったのでは……」

道三郎は真剣な目を宇八郎に向ける。

「仮に脅しだったとしても、万が一のことになれば一大事です」

「たしかにイギリスは清国を侵略しています。そのことは事実でしょう」

山岡が口を添えた。

「アメリカとの条約を結ぶには勅許が必要です。そのために老中堀田備中守様は京に上られ天皇の勅許を得ようとされましたが拒まれました。そのことを知ったハリスはさらに、イギリスとフランスが虎視眈々と日本を狙っていると力説し、早くアメリカと条約を締結すべきだ、それが日本の安泰につながると幕府に迫ったのです。いえ、わたしがその場に居合わせたのではなく、まわりの人から聞いた話ですが、大まかにはさようなことです」

宇八郎は道三郎にまっすぐな視線を向けた。

「そのときの大老は井伊掃部頭様ではなかったのでは？」

「さようです。老中の堀田備中守様は開国を推奨されていた越前の松平慶永（春嶽）様を大老に推されましたが、老中・松平忠固様と紀州の水野忠央様の画策があり、井伊掃部頭様が大老に就かれました」

「ふむ」

道三郎はあまり聞いたことのない名前が出てきても、それはそれなりの重鎮なのだろうと勝手に解釈し、宇八郎の話に耳を傾けた。山岡も物静かに話を聞いていた。

「大老職に就かれた掃部頭様は老中の堀田備中守様と家定様の後継を慶喜様にしようとする一橋家の方々を斥けられました」

「一橋家とは何ぞや？」

道三郎の疑問に答えたのは、山岡だった。

「幕府は開国を迫るハリスの要求に応じるか否かで揉めていましたが、その一方で家定様亡きあとの将軍をどうするかという議論がありました」

山岡はそう言ってから、徳川斉昭の実子・一橋慶喜を推す一橋派と、紀州家当主の徳川慶福（のちの家茂）を推す南紀派の対立を簡単に説明した。

「いまも将軍継嗣をめぐって幕府内ではいろんな工作があると申します。それらのことも絡んで条約調印に至ったと聞いています」

「将軍家定様はご存命であろうに、何故そんなことが？」

道三郎は山岡を見る。

「家定様は病弱でまともに政務ができないお体。しかも昨年暮れより病が重くなっているご様子。おそらく長くはないとまわりの方は思っていらっしゃるのでしょう。そんなことがあるので、将軍継嗣は大きな問題として取り沙汰されているのです」

「おぬしらはよくそんなことを知っておるな」

道三郎は感心する。

「知る人ぞ知るといった按配でしょうが、さような話はひそかに流れてくるものです。聞き耳を立てている人は意外に多く、清河さんの塾に来る者たちのなかには耳聡い者もいます」

「とにかく井伊掃部頭様が勅許を得ずにアメリカと新たな条約を結ばれたのはたしかなことです。このことで攘夷派と開国派に大きくわかれました。水戸家は攘夷派ですが、いまの幕府に不満を抱いています。いえ、幕府への信用を疑っているのは、諸藩にもあります。例えば長州藩です。当家の殿様は井伊掃部頭様をまったく信用なさっていません」

宇八郎は話をしながら少し憤った顔になっていた。

「さようなことがあるとは……」

道三郎は半ば感心し半ばあきれ顔でつぶやき、

「それでどうなるのだ？」

と、山岡と宇八郎を交互に眺めた。

「先のことはどうなるかわかりませんが、いまや尊皇攘夷を叫ぶ志士らは倒幕を狙っているかもしれません」

山岡はあくまでも冷静な顔で言う。

「倒幕……それは、つまり幕府を倒すということか？」

「さようです」

「まさかさようなことをどうやってやる？　わたしには及びもつかぬことだ」

「幕府内にも不満が出ていると聞いていますから、ご重役ら同士が袂を分かつことになれば安泰ではありません」

宇八郎は至極真面目顔で言う。

「幕府が安泰でないと……そうなればどうなる？」

「さあ、それはわたしにはわからぬことです」

道三郎はしばし黙り込んで、いま聞いたばかりのことを反芻してみたが、いくら考えても自分にできることはない。

「いや、ためになった。またわからぬことがあったら教えてくれるか」

「わたしでお役に立てるのでしたら、いつでも」

宇八郎が答えれば、

「新たな話が耳に入ってきましたら、お伝えいたします」

と、山岡も答えた。

二人が座敷を出て行くと、道三郎は縁側に立ち遠くの空を見た。

(おれはとんでもない昼行灯なのかもしれぬ)

内心でつぶやき自嘲の笑みを浮かべると同時に、ある男の顔が脳裏に浮かんだ。

剣術一辺倒の山本大河だ。あの男も相当な昼行灯だと思った。

(しかし、あの男、いつ戻ってくるのだ)

五

大河は江戸に戻っていた。

旅の疲れか、三日ほどは正木町の家でのんびり過ごし、徳次のいない隙を狙っておみつと睦み合っていた。

そんなおみつが、そろそろ起きてくださいと、いつまでも床から抜け出さない大河の尻をたたいた。

「もう昼近くなんですよ」

おみつが枕許に座って見下ろしてくる。

「暑くてかなわん。寝苦しかったので眠りが足りんのだ」

「鼾をかいて寝ていたくせに……もう」

おみつはぷっと頬を膨らませる。そんな顔が可愛い。大河はふっと笑みを浮かべた。

「なんです……」

「何でもない。おまえは可愛いなあ。そう思っただけだ」

「ま……」

おみつはぽっと頬を赤くした。

「さあ、起きるか。徳次はどうした？」

「実家に寄ってから道場に行くとおっしゃってました」

「そうか。それじゃおれも道場に行くか。だらけてばかりではいかぬからな。その前に飯を食おう。腹が減った」

おみつは「はい、はい」と、返事をして台所に去った。

大河は顔を洗い、ざっと髪を結い直してから縁側に座り、真夏の空を眺めた。短い武者修行ではあったが、得るものは少なからずあったと思っている。しかしながらもっと強い剣術家に会いたい、試合をしたいという思いは強くなるばかりだ。

団扇をあおぎながら風鈴の音を聞き、木の幹に張りついてかしましくなく蟬を見つめた。

旅から帰って桶町道場には顔を出したが、お玉ヶ池には行っていない。今日あたり行ってみようかと思ったとき、おみつが飯の支度ができたと声をかけてきた。

大河が居間に移ると、おみつが飯をよそってくれた。おかずは鰯の煮付けと漬物、それに梅干しが添えられていた。

大食漢の大河はがつがつと飯を頬張る。その間、おみつはそばに座って楽しそうに眺めている。ときどき視線が合うと、おみつが微笑む。

知り合ったのは昨年のことだ。おみつは赤ん坊を負ぶったまま身投げをしようとしていた。それを大河が引き止めたのが出会いだった。

赤ん坊は太一といったが、昨年の九月に病にかかって死んでしまった。おみつはそれを機にいまいる家を出て行くと言ったが、大河が引き止め、そのまま同じ屋根の下で暮らすようになっている。

男女の仲になったのは、太一が死んだあとで、おみつは日毎に親密の度合いを強くし、大河のことを「旦那さん」と呼ぶようになっている。いまや女房気取りだが、小さなことに拘らない大河は鷹揚に接しているし、またおみつを内縁の妻と呼んでもおかしくなかった。

飯を食い終えると、大河は早速支度にかかった。

「おみつ、今日は遅くなるやもしれぬ」

「どこかへお出かけですか？」

「久しぶりにお玉ヶ池に行こうと思う。旅から帰ってきてまだ顔を出していないのだ。道三郎さんに挨拶をしなければならん」

「では、徳次さんがお帰りになったらその旨伝えておきます」

　大河が支度を終えて大小を取ると、玄関でおみつが切り火を切ってくれた。

　表はまだ暑い。日射しは強く、町屋は蟬の声に包まれていた。いっときの涼を感じるのは、商家の軒先に吊された風鈴の立てる音と、水売りの「ひゃっこい、ひゃっこい」という売り声である。

　千葉道場が近づくと、気合いの声と板を踏む足音、そして激しく竹刀の打ち合わさる音が聞こえてきた。

　大河は玄関に入ると、稽古中の門弟らを一眺めして上座に近い場所に腰をおろした。三十人ほどの門弟が稽古に励んでいた。当主の千葉重太郎の姿はなかった。

「山本さん、やっと見えましたね」

　声をかけてきたのは、師範代を務めている柏尾馬之助だった。

「ああ重太郎先生に許しを得て、英気を養っておったのだ。おれの留守中は迷惑をかけたな」

「いいえ、気にしないでください。結構楽しくやっていましたから」

馬之助はしばらく見ないうちに一層大人の顔になっていた。以前はあどけなさが勝っていたが、いまは引き締まった面構えだ。

「そう言ってもらえると気が楽だ」

「人に教えるのは自分のためにもなるというのがわかりました」

そんな話をしていると、ひとりの門弟が近づいてきた。

「山本大河さんですね」

恐る恐る訊ねる。

「さようだ」

「斎藤熊三郎と申します」

相手がそう名乗ったので大河はあらため見た。

「清河八郎さんの弟です」

馬之助が紹介した。

「ほう、清河さんの……」

「はい、剣術を習うなら兄に桶町に行けと言われたのです。それも山本大河さんに腕を磨いてもらえと」

「清河さんがそうおっしゃったのか。ふむ、されどおぬしは斎藤と言ったな」

「兄の本名は斎藤正明(まさあき)です。清河八郎というのは、兄が勝手に改名したからです」

「へえ、そうだったのか」

熊三郎は兄の清河に比べ体は大きくなかった。年は清河より七歳下だと言うので、大河より二つ下ということになる。

「是非ともご指南いただきたく存じますので、よろしくお願いいたします」

「うむ」

応じた大河は早速、斎藤熊三郎の腕を試すことにした。兄の清河八郎とは初めて玄武館で対戦したとき、あっさり負けを喫したが、いまや大河のほうが上位者である。

大河は熊三郎に防具をつけさせたが、自分は何もつけずに向かい合った。

熊三郎が怪訝(けげん)な顔をしたので、

「どこからでもよいから打ってこい」

と、大河は命じた。

熊三郎は緊張の面持ちでうなずくと、静かに間合いを詰めてくるなり面を打ちに来た。大河は擦り上げて軽く面を打ち返した。

熊三郎が目をまるくしている。いったいどうやって打たれたかわからないのだ。

「遠慮はいらぬ。どんどん打ってこい」

誘いをかけると熊三郎が前に出てきて、また面を打ちに来た。

大河は同じように擦り上げて面を打った。今度はさっきより強い打突だったので、熊三郎は足をよろけさせた。

「清河さんの指南を受けているのか？」

「はい。でも、いまどうやって打ち返されたのかわかりませんでした」

「いまにわかる。さあ、来い」

大河が命じると熊三郎は中段の構えで前に出てくる。大河も中段であるが、どこにも力みのない立ち姿だ。わざと胴を開けてやると、熊三郎は胴を狙ってきた。これも擦り上げて面を打ち返してやった。

また熊三郎はきょとんとしている。

「気合いを入れて打ち込んでこい。まずは気合いが大事だ。さあ」

大河に言われた熊三郎がいきり立った気合いを発した。大河は小手を開けてやる。熊三郎が打ち込んでくる。またも擦り上げて面を打ち返した。

「わかった。もうよい」

たった三度打ち込ませただけなのに、熊三郎は呼吸を乱していた。

「擦り上げられるのは、打突が弱いのと打ち込む動きを読まれるからだ。擦り上げ技を習ったことがあるか？」

熊三郎はないと答えた。

「ならば教えてやる。その技を知れば、擦り上げられても技を返されることはない」

「どうやってやるんでしょう？」

熊三郎は目を輝かせて教えを請う。

「相手の竹刀を擦り上げるときに使うのは、竹刀の外側か内側だ。相手の竹刀を迎えるようにこすり合わせ、太刀筋をそらしてすかさず打ち込む。払ったり跳ね返すのではない。そういう技もあるが、擦り上げ技は覚えるべきだ」

熊三郎はこうですかと何度か竹刀を動かして見せる。ぎこちない動きだったが、

「すぐにできるようにはならぬ。何度も繰り返してその技を身につけろ。少しはましになる。誰かに相手をしてもらえ」

大河に言われた熊三郎は一礼して下がると、他の門弟に声をかけていた。

その日、大河は久しぶりに柏尾馬之助と稽古をした。

馬之助は十三歳で千葉定吉(さだきち)の内弟子になり、これまで必死になって腕を磨いてき

た。上達が早く、弱冠十六歳で大目録皆伝を取得している。

大河の稽古相手には恰好(かっこう)の男だが、馬之助も大河と稽古をするのが何より楽しそうだった。大河の剣は目にも止まらぬ早技が多く、そして打突が強烈である。それゆえに生半可な受けは通用しない。

一方の馬之助の剣は力もありはするが、やわらかく流麗である。門弟のなかには風にそよぐ柳のようだと言う者もいる。しかしながらそれは傍目にそう見えるだけで、実際に立ち合うと、すっと伸びてくる剣尖(けんせん)に目をみはることしばしばだ。とくに初級者には、いつどこからどんなふうに竹刀が飛んでくるか見えないのだ。

大河は馬之助との稽古で一汗流すと、他の門弟の指導にあたり、日が西にまわり込んだ頃に道場を出てお玉ヶ池に向かった。

六

「なんだ、いま頃あらわれやがって……」

お玉ヶ池にある玄武館の母屋(おもや)を訪ねると、式台にあらわれた道三郎が開口一番に言った。言葉は咎(とが)めているが顔は笑っていた。

「遠慮はいらぬ、上がれ上がれ」

と、道三郎は大河に勧めた。

「房州武者修行から帰ってきたというのはとうに知っておったが、なかなか姿を見せぬから心配しておったのだ」

「旅の疲れが出たのか、しばらく体を休めていたのです」

大河は盆(ぼん)の窪(くぼ)をかきながら言った。

「旅の疲れだなどとおまえらしくないことを。それで、どうだったのだ？」

「正直なことを言えば、思いの外でした」

「思いの外とはどういうことだ？　ま、話は一献傾けながらゆっくり聞こう」

道三郎はそう言うと手をたたいて女中を呼び、酒の支度を命じた。

酒肴(しゅこう)が調う間、大河は房州で立ち合った者たちのことを話した。

「もっとも手応えのあった剣術家には最後に会いました。佐倉藩の半澤成恒という人です。勝ちは譲りませんでしたが、まあ房州一というなら半澤殿をおいて他にないでしょう」

「半澤成恒……聞かぬ名だな」

「房州ではそこそこ名が知れています。それに士学館でも修行をされていたようで、栄次郎様とも立ち合ったことがあるとか」

「兄上と」

「聞いていませんか?」

「初耳だ。だが、あの兄貴は手応えのある相手のことは話すが、そうでない相手のことはあまりしないからな。さりながら半澤はなかなかの腕だったと申すか……」

「おそらく真剣での立ち合いならばどうなるかわかりません」

そんな話をしているうちに酒肴が調い、二人は杯を傾けあった。

「しかし、此度の旅をしてよくわかりました」

大河は杯をあおってから言った。道三郎がなんだと顔を向けてくる。

「強い剣術家を求めての武者修行の旅は、これで終わりにしてよいと思ったのです。もっとも在には名の知られていない手練れがいるでしょうが、やはり強い者は江戸に集まってくるんですね。重太郎先生にもそのことは言われたのですが、よくわかりました」

「おれもそのことは話したはずだ」

「そうでしたか」

大河はばつの悪さを隠すように酒に口をつけた。

「桃井さんの士学館には房州の門弟が多いと聞いてはいたが、それは噂だけではなかったのだな」

「佐倉藩の半澤殿が目をかけられている逸見宗助という若い門弟がいます。立身流の前宗家のお倅ですが、その逸見殿も士学館に行くことになっているという話でした。ところが、おれと半澤殿の試合を見て、玄武館で修行をしたいと心変わりです」

「おまえの腕を見込んでのことであろう」

「来る者拒まずだが、佐倉藩のご家中か？」

道三郎がそう聞くのは、玄武館は桶町千葉道場と違い、幕臣か武士の子弟しか受け入れないからだ。

「佐倉藩堀田家のご家来です」

「堀田家の殿様は、老中を務められていたのだったな。たしか備中守正睦様だ」

道三郎は急に何かを思い出したような表情でつぶやく。

「そうでしたか……」

大河はその辺のことに疎い。膳部にのっている煮鰯に箸を伸ばす。

「たしかそのはずだ。いや、おれもそうだが、おまえもそうだ」

「何がです？」

大河は煮鰯を口に入れて道三郎を見る。

「幕府のことや世の中の動きに疎いということだ。おれは水戸家に抱えられていながら、藩政にも疎い。少し考えなければならぬと思っているのだ」

「まあ、主君のためにもそれは考えなければならんでしょう」

「大河、おまえは気楽でよいな。されど世の中の動きが気にならぬか？」

道三郎はいつになく真剣な目で見てくる。その片頰に行灯（あんどん）のあかりを受けていた。

「世の中の動きですか。まあ、気になると言えば気になりますが、おれが気にかけたところでどうなるわけでもありませんから……」

「やはりおまえは昼行灯だな」

道三郎がまじまじと見てくる。

「昼行灯……」

「ぼんやりしているということだ。かく言うおれもそうであった。されど、そうであってはならぬと気づいた。老中だった堀田備中守様はアメリカと新たな条約を結ぶために京に上られた。勅許（ちょっきょ）を得るためだ。だが、断れた」

「はあ……」

大河は突然何を話すのだと道三郎を眺める。

「そして井伊掃部頭が大老になられると、堀田備中守様は同じ老中の松平忠固様といっしょに老中を追われた」

大河はそれがどうしたのだと疑問に思う。

「その前に井伊大老はアメリカと条約を結んでしまわれた。これは由々しきことだった。なぜなら勅許を得ずに調印したからだ。それにくわえ、次期将軍を紀州家の徳川慶福様に決められた。水戸家は一橋慶喜様を推していただけに、これに憤慨された」

「いったいいつの話です?」

「条約は先月の十九日に結ばれた。次期将軍が内定したのはそれからすぐのことだ。殿様とそのお父上（斉昭のこと）は、尾張の徳川慶恕様、福井の松平慶永（春嶽）様と計って登城され、井伊掃部頭様を詰問された。天皇の許しも得ずに勝手にアメリカと条約を結ぶとは何事だ！　将軍継嗣も評定が足りないのに、勝手に決めるとはあまりにも無理無体！　と、怒鳴られたかどうかはわからぬが、そんなことがあったのだ」

「へえ、さようなことが……」

大河は酒を嘗めるように飲む。

「いまや水戸家と幕府ご重役連とは犬猿の仲になっているらしい」

「それは困ったことですね」

「大いに困ることだ。だが大河、おれたちも安穏とはしておれぬぞ」

道三郎は急に声を抑えて身を乗り出した。

「どうしてです？」

「ここだけの話だ。他言するな」

道三郎は釘を刺してから、低声でつづけた。

「幕府を倒し、将軍の権力を天皇に戻すべきだという話がある。攘夷はもちろんだが、いまの幕府はアメリカだけでなく、オランダ、ロシア、イギリス、フランスとも条約を結ぶようなのだ」

「それでは開国ではありませんか」

「そうなのだ。攘夷だ攘夷だと声高に叫んでいる諸国の志士は、真剣に幕府を倒そうと躍起になっているらしい」

「ちょっと待ってください。幕府が倒れたらどうなるんです？」

「それはわからぬ」

道三郎は乗り出していた身を引いて言った。

「しかし、そんなことが……」

「いまのこと他言してはならぬぞ。わかったな」

「承知です」

答えた大河はふとある男の顔を思い出した。

坂本龍馬だ。あの男は、こう言ったことがある。

――この国は変わります。幕府も変わります。変わらなければならんのです。

まさか龍馬に幕府を変えることなどできるとは思えぬが、もう一度話を聞きたいと思った。それと同時に、清河八郎の顔を思い出した。その清河は「回天の先駆けになる」と言った。

（あの清河も幕府を倒そうとしているのか）

大河がぼんやりとした考えをめぐらしていると、

「とにかくこの国は変わるのかもしれぬ」

道三郎がつぶやくような声を漏らした。大河は杯を口許で止め、風に漂う蚊遣りの煙を目で追った。

第二章　二人の剣士

一

　八月に入ると風が涼しくなってきた。日中は蜩の声が聞こえ、夜になると鈴虫の声を聞くようになった。

　そして、市中ではさほど聞くことはないが、桶町千葉道場に入ると、門弟らのなかに「やれ攘夷だ」「尊皇だ」などと声高に話す者たちの声があった。

　当主の重太郎は道場において天下国家を論じるべからずという注意を与えていたが、門弟らのなかにはその掟を無視して話す者がいた。

　師範代を務める大河はそんな者たちを見るたびに、

「これ口を慎まぬか。先生は口うるさくおっしゃっているだろう。道場はさような話をする場ではないと」

　と、注意を与えていた。

注意を受けた者たちはその場では素直に口をつぐむが、稽古が終わったあと道場玄関脇の床几で熱弁をふるう。それもたしかなことなのか、眉唾なのか知れたものではなかった。

　桶町道場は玄武館と違い、武家の子弟に混ざって町人や郷士、あるいは百姓や職人もいるが、重太郎の父・定吉が世話になっている鳥取藩池田家の家来が目立って多かった。

　鳥取藩十二代藩主・池田慶徳は、十五代将軍となる慶喜の異母弟で、前水戸藩主斉昭の五男である。斉昭の影響で水戸思想が強く攘夷派であると同時に、敬幕思想を持ち合わせていると微妙な立場にあった。

　しかしながら慶徳の家臣には水戸思想が浸透しており、夷狄打つべしという風潮が高まっていた。

「どいつもこいつも攘夷だ尊皇だとうるさくてかなわん」

　大河は幕政や諸国の藩政といったことに興味がないから、ただあきれるばかりである。道三郎に昼行灯と言われたが、日がたつにつれ、おれは昼行灯でもなんでもよいと開き直り、おれはただ剣の道を進むだけだとおのれに言い聞かせていた。

そんなある日、大河が住む正木町の家を坂本龍馬が訪ねてきた。

「なんだ、なんだ、しばらく道場でも顔を見ないと思っていたが、どうしていたのだ？」

大河は龍馬を快く迎え入れ、おみつに酒の支度をさせた。

「あちらこちらと歩きまわっていたのです。土佐山内家に世話になっている手前、勝手が利かなかったのです」

郷士身分の龍馬は築地にある土佐藩下屋敷に寄宿していた。

「なんだかこのところおれのまわりも騒がしいのだ。攘夷がどうの開国がどうの、勤王がどうのとな」

「山本さんはあまり関心がないようですね」

「ないさ。それよりどうだ、こっちのほうは？　腕を上げていると聞いてはいるが……」

大河は重太郎からその話を聞いていたので、竹刀を持つ仕草をして龍馬を見た。

「おいおいです。それより房州へ武者修行に行ってらしたのでしたね」

大河はかいつまんでその旅のことを話した。

その間におみつが酒肴を調えてくれた。

「この方がおみつさんですか？　噂は聞いていましたが、美しい方ですね」

褒められたおみつは頬を赤らめてうつむいた。

「そうか、会ったのは初めてであったな。おみつ、土佐から修行に来ている坂本龍馬だ。とんでもない大法螺吹(おおぼらふ)きだが、気持ちのよい男だ」

大河があらためて紹介すると、おみつは丁寧に挨拶(あいさつ)をして台所に下がった。

「房州は士学館の門弟が多いと、武市(たけち)さんや岡田以蔵(おかだいぞう)から聞いております」

龍馬は大河の酌を受けて話を元に戻した。

「武市半平太(はんぺいた)殿か……なかなかの腕であったな」

大河は昨年、武市と試合をして勝っていた。達者だろうかと聞くと、

「国許(くにもと)に帰られました。岡田もいっしょです」

と、龍馬は答えた。

「するとおぬしだけ置いてけぼりか」

「さようなことではありませんが、わたしはまだ江戸の風にあたっていたいのです」

「そうは言うが、これと離れがたいのではないか？」

大河は小指を立てて揶揄(やゆ)した。龍馬が重太郎の妹・佐那(さな)といい仲であるのは承知している。以前、大河もひそかな思いを佐那に寄せたことがあるが、高嶺(たかね)の花であると思い自ら身を引いていた。いまや微塵(みじん)の未練もない。

「そういうことではありませんよ。山本さんも人が悪い」

大河は呵々大笑して酒をあおり、以前から気になっていることを声を低めて、

「ところで幕府を倒すという話を聞いたことがあるが、おぬしはそんな噂を耳にしておらぬか？」

と、真面目顔で龍馬を見た。

「倒幕を口にする人はいるようですが、さてどうなることでしょう」

龍馬はしれっとした顔で酒を飲んだ。

「幕府はアメリカと条約を結んだが、そのあとでオランダ、イギリス、ロシアとも条約を結んで、港を開いている。おれはこういったことに詳しくはないが、どうもいけ好かぬのだ」

「すると、山本さんも攘夷派ですね」

「そう言われればそうかもしれぬが、毛唐にこの国を乗っ取られたくはないからな」

「それは誰しも同じでしょう。山本さん、土佐に河田小龍という絵師がいるのですが、この人は世情に詳しいばかりでなく、西欧のこともよく存じていらっしゃる。その人に教えられたことがありました」

「どんなことだ？」

「たとえ幕府が港を開いたとしても、攘夷の備えは怠ってはならぬ。こと海軍について言えば、日本は西欧に大きく遅れていると言われました。まあ、黒船を見たのでそのことはよくわかります」

「黒船だったらおれも見ている」

「そうでしたね。それで河田さんは、日本の海軍を強くして列強に備えるべきだと言われました。どういう備えをすればよいかと訊ねれば、異国の軍艦を買うのが手っ取り早いが、それには金がいるし、軍艦を操る者を育てなければならない。そのうえで異国艦隊に臨む力を蓄えることを急がなければならぬと言われました」

「容易くはいかぬだろう」

「されどやるしかないと思います」

龍馬は目を輝かせる。

「いまの幕府にそんなことができるか？」

「幕府にできずとも、諸藩の浪士が結束すればできるかもしれません」

「諸藩の浪士が……金はいかがするのだ？」

大河はそう言ったあとで、おまえの話は相変わらずとんでもないと首を振って、表を見た。すでに宵闇が濃くなっていた。

大河は行灯に火を入れて龍馬の前に座り直した。

「金はどうにかなるはずです。それより、同志を集めなければなりません」

「おれは同志にはなれぬな。おれを誘うでないぞ」

大河はそう言ったあとで、

「かたい話はこれぐらいにして飲もうではないか。もっと楽しいことを話そう」

と、龍馬に酌をしてやった。

二人で一升を空けると、龍馬はそろそろ帰ると言って腰を上げた。

徳次が帰ってきたのは、それから間もなくのことだった。

「誰か来ていたのですか？」

徳次は大河の目の前に置かれている徳利（とっくり）や空っぽの器を見て言った。

「坂本が遊びに来ていたのだ。ついさっき帰ったばかりだ」

「そうでしたか。それより大変なことがあったのです」

「なんだ？」

「師範が、重太郎先生が右目に大怪我を負われたらしいのです」

「なに。どういうことだ？」

「詳しいことはわたしもわからないのですが、あまりよくないと聞きました」

いやな胸騒ぎを覚えた大河は、いっぺんに酔いの醒(さ)めた顔になって立ち上がった。

「先生の家に行ってくる」

二

重太郎はすでに治療を終えており、座敷で茶を飲んでいた。大河が訪(おとな)うと、重太郎の妻・幸(さち)が出てきて、道斎(どうさい)先生の手当てを受けたことを伝えた。

「おお、大河か……」

訪ねてきた大河を見た重太郎は、右目を晒(さらし)で被(おお)っていた。痛々しいが思いの外元気そうである。

「いったいどうなさったのです？」

大河は腰をおろしてまじまじと重太郎を眺めた。

「稽古(けいこ)中のことだ。奥村力之助(おくむらりきのすけ)を知っておるだろう」

鳥取藩池田家の家臣で、道場の門弟だった。大河は当然知っている。

「まさか力之助に……」

「あやつの竹刀が割れてな。その切っ先がわしの目を突いたのだ。力之助が悪いわけではない」

「ずいぶんと心配してくださり、申しわけない申しわけないと、それは気の毒なくらい恐縮されていました」

茶を運んできた幸が口を添えた。

「それで傷のほうは？」

「わからん。治ればよいが、治らなければ隻眼の剣士だ」

重太郎はそう言って笑った。

「治ればよいですね」

「まあ、これも修行だと思えばよいさ」

大河はため息をついて幸を見た。

幸はか弱い笑みを浮かべただけで、座敷を出て行った。

「しばらく門弟への指南はできぬだろう。こういったときはおぬしが頼りだ。よろしく頼む」

「はい」

大怪我には違いないだろうが、命に別状がなかったことに大河は安堵した。

翌日から大河は自宅での素振り稽古を終えると、休まずに道場に出るようになった。師範の重太郎に代わって、門弟への指導をするためである。

また柏尾馬之助も熱心に代稽古に励んでくれた。師範代の仕事はさほどきつくはないが、自分の鍛錬がおろそかになる。そのために、ひととおりの指南を終えると、

「馬、相手をしろ」

と、誘いかけて打ち込み稽古や地稽古に汗を流した。

すでに九月に入っており、夏の暑さは遠ざかりつつあった。

そんな頃、坂本龍馬が、

「山本さん、近いうちに国許に帰ることになりました。後ろ髪を引かれる思いですが、いろいろとお世話になりました」

と、挨拶に来た。

「すると、今日が最後の稽古か？」

「そうなります」

「それはちょいと淋しいな。淋しいのはおれだけではなかろうが……」

大河はそう言って、母屋に通じる道場の勝手口を見た。佐那の姿はない。

「冷やかさないでください」

「まあ、よい。免許をもらったらしいが、土産話におれとやってみるか」

「望むところです」

龍馬が免許を授かったのは、大河が房州へ行っている間のことだった。

稽古中の門弟の邪魔にならない道場の隅で、大河は龍馬と向かい合った。構えがよくなっていると大河はすぐに気づいた。

「さあ！」

先に気合いを発すると、龍馬が静かに詰めてきた。足の運びも悪くない。すっと剣尖をのばしたと同時に、龍馬は気合い一閃、面を狙って打ち込んできた。大河は擦り上げて鍔迫り合う恰好になった。

「遠慮はいらぬぞ」

大河は面のなかで言うと同時に、龍馬を押し返して離れさせた。即座に龍馬が打ち込んでくる。大河は横に払い落として、裏面を打つ。

一本取られた龍馬の目が厳しくなる。歯を食いしばって詰めてくる。今度は大河も詰めて行った。間合い一間で、大河は峻烈な一撃を龍馬の面に与えた。

ビシッ！　鋭い音がひびき、よろけるように下がった龍馬が首を振る。軽い脳震盪を起こしたのかもしれない。

「さあ、一本ぐらいおれから奪ってみろ」

大河はけしかける。龍馬が悔し紛れに面・面・小手・胴と激しく打ちかかってくる。すべてを受け流した大河は龍馬の足を払った。不意を食らった龍馬は思わず尻餅を突いたが、すぐに立ち上がった。闘争心剝き出しになっていた。

龍馬は小手から突き、突きから面、小手と打ってくる。なかなかいい筋だと大河は内心で思うが、力量の差は否めなかった。結局、龍馬は一本も取れずに稽古を終えた。

「まいりました。一番ぐらいは取りたかったのですが……」

龍馬は荒れた呼吸をしながら面を脱いで、やはりかないませんと首を振る。

「国許に帰っても稽古を怠るな」

「今度お相手願うときには負けませんよ」

「楽しみにしている」

大河が笑顔で応じると、龍馬も汗をぬぐいながら笑みを返してきた。

「ところで山本さんの耳には入っていませんか？」

龍馬が思い出したように言った。

「何がだ？」

「水戸家に密勅が下ったことです」

なんだそれは、と大河は汗を拭きつづける龍馬を見る。周囲で稽古をしている門弟らの声や竹刀のぶつかり合う音で、道場は喧騒としている。

　龍馬が口にしたのは、のちに「戊午の密勅」と呼ばれるものだった。水戸家に勅諚が下されたのは八月八日で、駒込の上屋敷に届いたのは十六日の深更だった。

「天皇が幕政改革を願われている勅諚らしいです。水戸家への勅諚は御三家と御三卿にまわされていますが、日を置いて諸藩にも伝わっております」

　大河はよく呑み込めない。

「よくない話か？」

「よいかどうかはわかりませんが、天皇は井伊掃部頭様がアメリカをはじめとした諸外国と、不等な条約を結んだことが気に入っておられないのです。その詳しい経緯を知りたがられてもいます。さらに、幕府が諸藩と力を合わせ公武合体をするように望まれ、あくまでも攘夷を進めるようにはたらきかけているのです」

「なにやら込み入った話のようだ。公武合体とはなんだ？」

「朝廷の権威を復し、幕府とともに強くし、諸外国に備え、幕府の体制立て直しを図ろうというもののようです」

　大河は遠くを見るように、まわりで稽古に励んでいる門弟らを眺め、龍馬に顔を戻した。

「すると、天皇は掃部頭様を快く思われていないということか……」

「はっきり言えばそうでしょう。幕府は屋台骨が傾きかけちょりますきに」

久しぶりに龍馬のお国言葉を聞いた。

「おまえのお国訛り(くになま)はいいな。里帰り間近になってお国言葉を思い出したか」

「田舎に帰ってこっちの言葉を使うと馬鹿にされますきに……」

龍馬の荒れていた呼吸は戻っていた。

「とまれ、このままの幕府ではいかんということでしょう」

「おれにはよくわからんことだ」

大河はそう言ってから、気をつけて国許に帰れと龍馬に言った。

三

大河は龍馬が帰国した直後、幕府がフランスとも修好通商条約を結んだという話を聞いた。教えてくれたのは、徳次だった。

「幕府はどんどん異国に開港するようです。どうなるんですかね？」

徳次が芋を頬張りながら大河を見てきた。

「おれにそんなことを聞かれてもわかるか。なるようにしかならんだろう」

大河は正木町の家の座敷にいるのだった。障子を開けて表を見ると、空が暗くなっていた。江戸は秋の色を深め、神社の境内やお城にある樹木も紅葉を見せていた。庭先からのぞく隣の柿は熟しており、木の葉は黄色や赤に変わっていた。

「そうそう。思い出しました」

徳次が茶を飲んで言葉をつぐ。

「さっき、道場から戻ってくるとき、斎藤熊三郎に会ったんです。山本さんに言付けがありました」

「なんだ？」

「兄の清河さんが、たまには山本さんに遊びに来るように言っているそうです」

「ふうん。そんなことか。遊びに行ってもつまらん話を聞かされるからな」

大河は興味はないという顔で、おみつに酒の支度を言いつけた。

世事に関心を示さない大河ではあるが、世の中は大きく揺れはじめていた。

日米修好通商条約にはじまり、オランダ・ロシア・イギリス・フランスとの求めに応じて条約を結んだ幕府は、十三代将軍・家定が七月に薨去（こうきょ）したことを諸国に知らせ、継嗣に決まっていた慶福が家茂と改名し将軍を継承することをあらためて認めた。

また玄武館と縁の深い水戸家では、前藩主の斉昭が謹慎を命じられ、現藩主の慶篤は登城を禁じられた。このことで水戸家では、幕府に対する不満が高まっていた。

幕府が分裂を来しはじめたと同じように水戸家も、幕命より勅命を重んじる「激派」と、尊皇攘夷思想はあるがさしあたり幕命に従おうという「鎮派」が対立するようになった。

「明日あたりお玉ヶ池に行ってみるか」

大河は酒を飲みながらふと思いついたように言った。

「あちらで指南を……」

徳次が顔を向けてくる。

「玄武館の師範代は間に合っている。だが、骨のあるやつが何人かいる。腕を試してみたいのだ」

「山本さんに勝てる門弟はいないでしょう」

「油断はできぬ。なかには見違えるほど上達の早い者がいる。柏尾馬之助のようにな」

「それを言われると頭が上がりません」

徳次はしょぼくれた顔になった。

「まあ、おまえは上達の度合いは遅いがそれなりに強くなってきている」

「ほんとですか？」

徳次はさっと顔を上げて目を輝かす。

「一年前とは違う。おまえだって少しはわかっているはずだ」

「へへ、山本さんにそう言ってもらえると嬉しいです。それで玄武館に目をつけている人でもいるんですか？」

「真田範之助という男がいる。なかなか面白そうなのだ」

「多摩から出てきた人ですね。以前は小峰軍司という名だったはずです」

「そうだ。養子に入って名前を変えたのだ」

「真田さんは相当の腕ですか？」

「天然理心流を修め、柔術の心得もある。おれがいない間に腕を上げたと聞いている」

「それは是非ともやるべきでしょう」

徳治に言われる前に、大河はその気になっていた。

言葉どおり翌日、桶町道場での師範代の仕事を終えると、お玉ヶ池の玄武館を訪ねた。

もう夕刻だったので、稽古をしている門弟は少なかった。真田範之助の姿もなかったので母屋を訪ねたが、生憎道三郎も留守をしていた。

「なんだ、あてが外れちまったな」

ぼやきながらお玉ヶ池をあとにしたときには、とっぷりと日が暮れていた。まっすぐ帰るのも癪だと思い、日本橋をわたったところで楓川沿いの河岸道に出た。居酒屋や小料理屋の軒行灯が通りに縞目を作っている。

どこか適当な店に入ろうとしたとき声をかけられた。

「大河だろう」

声の主は重太郎だった。下男を連れていた。

「いかがされたのです？」

「いかがも何もないさ。たまにはうまい魚を食おうと思って出てきたのだ。付き合うか」

わたりに舟であった。大河は快く応じた。

「しかし目は大丈夫なのですか？」

小料理屋の小座敷に収まるなり、大河は重太郎の目を心配した。当て布の取れたその目は半分潰れたようになっている。

「これ以上よくはならぬし、見えぬ。もうあきらめた」

重太郎は観念の体で言う。そこへ酒が運ばれてきたので、大河は酌をしてやった。

「何やらコロリが流行っているようだな。どこでどうなるかわからぬから、おぬしも気をつけるのだ。流行病で死んでは元も子もない」

「気をつけろと言われても、どうすればいいかわかりません。まあ、これが毒消しでしょう」

大河はそう言ってぐい呑みに口をつける。

店は繁盛しているらしく賑やかだ。あちこちから笑い声や女中をからかう声が聞こえてくる。天下国家を論じる者はいない。これが普通なのだと大河は思う。

重太郎は静かに酒を飲みながら、門弟のことを話し、また父・定吉のことを話した。

「この目を怪我する前に、父上と一度立ち合ってみた。やりたいとおっしゃるから、それならと応じたのだが、舌を巻いた」

大河はこういう話が好きだ。

「まさか大先生に勝ちを譲ったと……」

「三番やって一本取られた。老いても剣の衰えはないと感心した」

「それは見たかったですね」

「小手面と打ってこられ、突き技を返そうとしたら小手を打たれたのだ。池田家で指南をまかされているので稽古不足だろうと思っていたら、そうではなかった」

「もうおいくつになられます？」

「もう還暦過ぎだ。伯父上は先に身罷られたが、まあ、親が元気だというのはよいことだ」

「たしかに……」

重太郎が伯父上と言うのは、定吉の兄・千葉周作のことだ。

しばらく剣術談義になったあとで、大河は玄武館の真田範之助と一度手合わせをしたいと話した。

「真田のことは道三郎からも聞いておる。なかなかの手練れになっていると言っておった。一度立ち合うのは面白いかもしれぬ」

重太郎に言われた大河はますますその気になった。

しめ鯖に平目の刺身を肴に酒は進み、話もはずみ、茶漬けを食べると、重太郎は供をしてきた下男に勘定をしてこいと財布をわたした。

先に重太郎と大河は表に出て、ゆっくり河岸道を歩いた。酒で火照った体に冷たい夜風が気持ちよい。空には冴え冴えとした月が浮かんでいた。

しばらく行ったとき、前から四人の武士が高笑いをしながら歩いてきた。重太郎は片目が不自由になっているので脇に避けてその四人を通そうとしたが、隻眼に慣れていないせいかひとりの武士とぶつかってしまった。

「無礼者ッ！」

いきなり相手は怒鳴った。

「相すまぬ。ぶつかるつもりはなかったのだ」

重太郎は謝ったが、四人は前後を塞ぐように立った。大河はその動きを黙って見たが、

「片目を悪くしている手前、粗忽をしてしまったが許してもらえまいか。他意はないのだ」

と、重太郎は言葉を重ねて頭を下げた。

それを見た四人はいい気になって、浪人か何か知らぬが、目の悪いのをいいことに許してもらおうとは不届きだとか、無礼打ちにしてもいいのだと、息巻いた。

「謝っているのだ。無礼なのはそこもとらではないか。あしざまに罵るとはそこもとらこそ不届きであろう」

大河が言葉を返すと、相手は「何をッ」と、刀の柄に手をかけた。それを見た重太郎が大河を制して前に出、

「腰を低めて謝っても了見ならぬとおっしゃるなら、そこもとらが望むようにお相手いたそう。その前にそれがしより名乗っておこう」

重太郎は落ち着いた態度で四人を嘗めるように眺めた。そのとき店の勘定を終えた由蔵という下男が「先生、先生」と言って駆け寄ってきた。

「先生だと……」

「さてはきさまは医者か、それとも刀を差した学者でもあるか」

ひとりの侍がそう言って小馬鹿にしたように笑ったが、隣の男が由蔵の持った提灯を見て「おい」と顎をしゃくった。提灯には千葉家の家紋である「日月」が描かれている。

重太郎は言葉を重ねた。

「それがしに勝負を挑むはそこもとらの勝手だが、いざ真剣での立ち合いとならば一命申しうくる覚悟でお相手いたす。さあ、存分にやるか」

大河は重太郎が刀の柄に手を添えたのを見て、前に出た。

「そのほうらこの方を何と心得ておるか。桶町千葉道場の当主、千葉重太郎先生である。拙者はその先生の師範代を務めておる山本大河と申す。勝負の前に名乗り合うのは礼儀、そこもとらの名を教えてもらおうか」

大河のこの一言で四人は顔つきを変えた。由蔵の持つ提灯の灯りを受けた顔が強ばっていた。

「こ、これは、そうとは知らずにご無礼いたしました」

先に提灯に気づいた侍が跪けば、他の三人もそれに倣い、重太郎とぶつかり威勢よく罵った男も、

「桶町の先生とは知らず、慮外の振る舞いに及びましたが、向後は慎みいたしますゆえ、この場はお見逃しいただけませぬか」

と、深々と頭を下げる。

こうなると重太郎もそれ以上責めることはなく、

「承知いたさば、さっさと去るがよい」

と許した。

結局四人は名乗ることもなく、その場から逃げるように去って行った。

それを見送ったあとで、大河と重太郎は顔を見合わせて苦笑いをした。

四

大河が腕を上げたという真田範之助と立ち合ったのは、江戸城の紅葉が終わりかけた十月初旬だった。

これは正式な試合ではなく、単なる腕試しであった。その日大河はお玉ヶ池の玄武館に出向くなり、稽古中の範之助を見つけて声をかけた。

「これは山本さん、ご無沙汰でございます」

範之助は目をきらきらさせて大河を見た。

「達者そうでなによりだ。それに体がひとまわり大きくなったのではないか？」

「わたしは山本さんのように背が高くないので、せめて目方でも増やさなければならないと思い、飯をたくさん食べます」

「腕を上げたと聞いた」

「それはどうかわかりません。必死に稽古はしていますが……」

「相手をしてくれるか」

「もちろん喜んで」

範之助は純朴な顔をほころばせる。

早速防具をつけて向かい合った。互いに青眼の構え。間合い二間から摺り足で前に出、互いの剣尖を触れ合わせる。いつでも打っていける距離である。

だが、大河は範之助の隙を見つけられない。範之助も出てこない。二人のいる空間だけが、息を詰めたような緊張感に包まれていた。しかし、まわりで稽古をしている門弟らはそのことに気づいていない。

大河は柄をにぎる手の力をわずかにゆるめ、静かに息を吐いた。そのとき、範之助の右踵（みぎかかと）が上がった。同時に剣尖がのびてきた。面打ちである。

大河は擦りかわして突きを見舞ったが、範之助の体をかすっただけだった。立ち位置が変わり、互いに自分の間合いに立つ。

大河は口許（くちもと）に小さな笑みを浮かべた。おもしろい。在に練達の剣士を求めて旅をするより、江戸にいたほうがよいとあらためて思った。

範之助の力量は格段に上がっていた。

「遠慮はいらぬ」

大河が誘いかけると、

「遠慮などしておりません」

と、範之助が言葉を返した。同時にかかってきた。右面から左面、そして突きから小手、さらに突きといった連続技だった。

大河は激烈な攻撃をかわしながらまわりこむ。範之助は逃がさないとばかりに、詰め寄ってくる。鍔迫り合う恰好になると、足払いをかけて倒そうとする。

大河は堪えて、背後にまわりこむなり、片腕を範之助の首にまわして投げ倒した。

範之助は、はっと驚きの表情を見せたが、すぐに立ち上がって胴を抜きに来た。

互いの気合いが道場にこだまし、竹刀が激しくぶつかる。いつしか二人は汗を噴き出し、呼吸を乱していた。それでも剣筋に乱れは生じない。

大河が先に一本決め、範之助がすぐに返し技で一本取った。これで互角の戦いになり、あとは一歩も引かぬという気力を横溢させる。

範之助が上段から唐竹割りに打ち落としてきた。だが、それは突きだった。大河は危うく一本取られそうになったが、再度上段から打ち込んできた範之助の竹刀を、下から跳ね上げた。力技である。

範之助の体勢が崩れる。そこを逃さず、大河は突きを送り込んだ。

「とーっ！」

見事突きが決まり、範之助は後ろにのけぞりながら一間ほど宙を飛び、板壁に背中をぶつけた。

大河ははっとなった。突きどころが悪かったかもしれないと思ったのだ。防具の隙間をすり抜け喉を突いていたら、気を失うどころか命取りになる。

「範之助、大丈夫か……」

心配になって近づくと、範之助は頭を振りながら立ち上がった。

「大丈夫です。ありがとう存じます」

「強くなったな」

大河は正直なことを口にした。

「また、お相手お願いいたします」

「望むところだ」

大河は応じて壁際に行って座り汗をぬぐった。呼吸は激しく乱れていたが、久しぶりにいい汗をかいたと満足した。

門弟のなかには急速に上達する者もいれば、足踏みをしていっこうに腕の上がらない者もいる。大河は前者のほうだったが、範之助もそうだ。もうひとり名前をあげれば、桶町道場の柏尾馬之助だ。

大河は稽古をしている門弟らを眺めて、このなかにもそんな男がいるかもしれないと思った。油断をしていると追い越されかねない。

気を引き締めるように丹田に力を込め、きゅっと唇を結んだとき、ひとりの門弟が目の前にやってきて腰をおろした。

「山本大河様ですね」

「さようだ」

大河は前に座った男に見覚えはなかった。上目遣いに見てくる眼光に刺々しさがある。

「有村次左衛門と申します。薩摩藩島津家の者で当道場にお世話になっています」

「ほう薩摩か」

「山本様のお噂は、清河先生からお聞きしています。剣術で強くなりたければ、桶町の山本大河さんという人に教わったらどうだと言われました」

「すると、おぬしは清河さんの塾に出入りしているのか？」

「いろいろと教えを請うています。また水戸藩邸でも見聞を広めているところです」

「感心だな」

「山本さんは桶町にいらっしゃるのに、この道場にもお見えになる」

「たまにだが……」

大河は有村が何を言いたいのか訝った。

「今日はご挨拶をさせていただきましたが、つぎに見えられるときには是非にもご指南いただけませぬか？」

「かまわぬ」

有村はふっとした笑みを浮かべた。

「もしよければ、桶町道場を訪ねてもよろしいでしょうか？」

大河は有村を短く見つめてから答えた。

「かまわぬが、おぬしはこの道場の門弟だ。師範もいれば師範代もいる」

「山本さんに教えていただきたいのです」

嬉(うれ)しいことではあるが、有村の心底がわからない。

「ま、折を見て指南いたそう」

有村は丁寧によろしくお願いしますと言って去ろうとしたが、すぐに座り直した。

「山本さんは人を斬ったことがおありですか？」

大河は一瞬ドキッとした。殺しはしなかったが、斬ったことはある。有村はそのことを知っていて聞いているのだろうかと訝った。

「なぜ、そんなことを聞く？」

「刀は身を守ると同時に相手を斬るものです。いざとなったら斬るしかないと思いますゆえに」

有村は失礼しましたと頭を下げ、今度こそ去った。大河はその後ろ姿を見送りながら、あの男何を考えているのだと思った。

五

淡路坂の清河八郎の塾には、鬱屈したような空気が漂っていた。

所狭しと書物の積んである座敷には、火鉢を挟んで清河の同志が集まっていた。

薩摩藩脱藩浪人・伊牟田尚平、薩摩藩の中小姓で玄武館門人・有村次左衛門、そして山岡鉄太郎の四人だった。

「わたしらも腰を上げるべきではないでしょうか」

しばらくの沈黙を破ったのは、有村次左衛門だった。

「うむ」

清河は腕を組んだままうなる。

火鉢の炭がぱちっと爆ぜ、小さな火の粉を散らした。

「幕府は……いや、井伊大老のやり方は我慢がならぬ。まるで将軍気取りだ。おのれの考えに従わぬ者を、つぎつぎと処罰するのは由々しきことでしょう」

伊牟田尚平は腕を組んだままの清河に、まっすぐな視線を向けた。

清河もそうであるが、伊牟田は国事大事なこの時期にじっとしておれず、積極的に諸藩の有志と交わり尊皇攘夷(じょうい)思想を強め、ついには藩に縛られていては身動きが取れぬと判断し、昨年薩摩藩を脱藩していた。

清河との付き合いは、山岡鉄太郎より伊牟田のほうが長かった。

「水戸家は動いていますよ」

有村だった。

「まあ、待ってくれ。いまここで立ち上がったとして何ができるだろうか？　わたしはそのことを考えているのだ」

清河は組んでいた腕を解き、火鉢の縁に置いていた湯呑(ゆの)みをつかんだ。

「同志も少ない。同志は強い信念を持ち、ことに臨んで死を厭(いと)わぬ者でなければならぬ」

「報国のために命を捨てる覚悟はとうにあります。水戸家のなかには井伊大老の命をひそかに狙っている者もいます」

「有村、そなたは水戸家に出入りしているからさようなことを申すのだろうが、言葉は慎んだほうがよい」

「水戸家に行けば、いやがおうでも耳に入ってきます」

「それを口にしてはならぬと言っておるのだ」

清河は強い口調で有村をにらんだ。血気に逸る有村の気持ちはわかるが、ここは手綱を締めておかなければならない。

一瞬黙り込んだ有村だったが、すぐに顔を上げて口を開いた。

「井伊掃部頭は天下の権柄を、おのれのものにしているようなものではありませぬか。水戸の斉昭侯をはじめとして、尾張藩主の慶勝様、越前福井の松平慶永（春嶽）様、一橋慶喜様、水戸の殿様らに蟄居、あるいは隠居、登城差し控えを申し渡されているのです」

「有村、そんなことはいまさら言われずともわかっておる」

窘めるのは同じ薩摩出身の伊牟田尚平だった。

「水戸家への処分を不服とした水戸家の家臣らが、小金宿に集まり蜂起をしたことがあります」

山岡だった。

小金宿は水戸街道の松戸宿と我孫子宿の間にある宿場だ。

「知っておる。蜂起するために集まったのは、水戸家の家来ばかりではなかった。町人や百姓もいたと聞いている。その数、千を下らなかったということも」

清河だった。

その話を聞いたのは、つい先日のことだ。約千人の集団の目的は謹慎を命じられた徳川斉昭の雪冤を求めるものだった。だが、その騒ぎは同じ水戸家の藩士らによって止められていた。

「水戸家の家臣らが反駁するのはよくわかる。されど、もっと憂えることがあった。若狭小浜藩の梅田雲浜殿が獄につながれたことだ」

言葉をついだ清河はふうと、小さなため息をついた。

「その方は……？」

伊牟田尚平が目をしばたたいた。

「この日本の行く末を案じておられるすぐれた攘夷派の志士だ。そして、尊皇家でもある。井伊大老の断行には真っ向から反対をされ、戊午の密勅にも関わっておられたらしい。おそらく、そのことで身柄を抑えられたのだろう。雲浜殿は元は小浜藩士だったが、藩政を批判されたことで士席を外され浪人になられた。国の行く末を思うがゆえに、雲浜殿の考えが徒となった」

「清河さんはお会いになったことがあるので……」

山岡だった。

「ずいぶん前に小浜城下で会ったことがある。立派な考えを持つ気骨のある方だった。その雲浜殿と同じような思想を持つ学者は他にもいる。幕政に関与できる諸国大名家に処分が下されても、権力も力もない雲浜殿のような方が処罰されるとは思いもよらぬことだった」

「まさか、清河さんは自分にも累が及ぶのではないかと懸念されているのでは？」

清河は静かに山岡を見返した。

「心配はしておらぬ。いまのところは。おそらく道の選び方であろう。わたしはそう考えているのだ」

「道を選ぶとは……？」

伊牟田が首をかしげながら問うた。

「わたしらがこれから歩むべき道筋だ。いま下手に動けば幕府の手に落ちるかもしれぬ。いましばらく様子を見るしかなかろう」

清河は五徳の上の鉄瓶から立ち昇る細い湯煙を眺めた。

バンと、膝許（ひざもと）の畳を強くたたいたのは有村だった。顔を紅潮させている。

「黙っていましたが、水戸家のご家来のなかには井伊大老暗殺のために動いている人がいるのです」

挑むような目つきで言った有村の言葉に、一同は目をみはったまましばらく沈黙した。

「有村、そのことかまえて他言してはならぬ。わたしらも、いまのことは聞かなかったことにする」

有村次左衛門が清河塾に姿を見せたのはその日が最後だった。

六

「馬、面白い男がいるのだ。知っているどうか知らぬが、お玉ヶ池の真田範之助という男だ」

大河は柏尾馬之助の顔を見た。

正木町の自宅でくつろいでいるとき、馬之助が遊びに来て雑談をしているのだった。

「噂は聞いていますが、会ったことはありません」

「この前ちょいと立ち合ってみた。怖ろしいほど腕を上げておった。あれには驚いた」

「まさか山本さんが勝ちを譲ったというのではないでしょうね」

「油断していると勝てなくなるかもしれぬ。そう思ったほどだ」

そこへおみつが炭を運んできた。

「ここへ置いておきます。そろそろ日が暮れそうですね。お酒でもつけましょうか?」

おみつは二人の顔を眺めた。

「そうだな。軽くやるか」

大河が応じると、おみつは台所に下がった。その間、馬之助の視線がおみつに注がれているのに大河は気づいた。

「何か気になるのか?」

馬之助ははっと顔を戻して、

「いえ、おみつさんはだんだん美しくなられる。そんな気がしたのです。初めてお目にかかったときより、ずっとおきれいになられました」

「おい、それはおみつに言ってやれ。小躍りして喜ぶぞ」

「思い違いをされたら困ります」

「おまえに褒められたからと言って、口説かれているとは思わぬさ。遠慮はいらぬ。女は褒めてやると美しくなるのだ」

「ほんとうですか?」

「惚れた女ができたら、うんと褒めてやることだ」

大河は火鉢に炭を足し、部屋が暗くなったので行灯と燭台をつけた。表は雪が降りそうな気配を漂わせている。

雑談をしていると、おみつが燗酒と香の物を運んできた。大河はその所作を眺めた。馬之助に言われてあらためて見ると、たしかにおみつはきれいになった気がする。血色もよく、出会った頃に比べると肉付きもよくなった。顔はつやつやと張りのある肌をしているし、澄んだ目の輝きもよい

「おみつ、おまえのことを馬之助が一段と女ぶりがよくなったと言っている」

「山本さん……」

馬之助は慌てたが、おみつは嬉しそうに顔をほころばせ、

「あら、嬉しい。そんな馬之助さんも男っぷりがよくなられましたよ」

と言って酌をする。

褒め返された馬之助は赤くなって酌を受けた。こんなところはまだ昔のままだ。来年で二十二になるが、まだ女を知らない男だった。

おみつは短く談笑したあとで台所に下がった。

「それでさっきの話ですが、真田範之助さんはそんなに強いですか？」

馬之助は話を戻した。

「強くなった。やつは多摩の出で天然理心流の心得もある。柔術や槍術（そうじゅつ）も身につけている。玄武館に入って北辰一刀流を修練しているが、天然理心流の技も使う」

大河は先般、範之助と立ち合ったときのことを大まかに話してやった。

「わたしも一度立ち合ってみたくなりました」

「面白いかもしれぬ。おれが仲立ちをしてやるから近いうちにやるとよい」

「お願いいたします」

大河は剣術一筋の男だが、馬之助も負けず劣らずの剣術馬鹿である。二人が会うと話題は決まって剣術のことになる。しかし、この日は意外なことを口にした。

「山本さん、尊皇攘夷（じょうい）とはなんです？　道場に来る門弟は、よくそんなことを口にします」

鳥取藩池田家の門弟らが話すことを聞いているのだ。

藩主の池田慶徳は、水戸斉昭の五男であるから、自然水戸家の思想が藩内に広がっている。ペリー来航以来、その思想は高まり、日米修好通商条約が結ばれるとさらに攘夷の気運が高まっている。

「夷狄（いてき）を打つべしと言うのが攘夷だろう。それはよくわかる。尊皇は読んで字のごとく、天皇を崇拝すべしと言うことだろう」

「天皇より将軍のほうが力があるのではありませんか？」

「まあそうだな。おれはそっちのほうに頭がよくまわらんのだ。口を出すべきことでもない」

「いまの幕府は変えなければならぬという人もいます」

「いるな。馬、詳しいことを知りたければ、清河さんに教えてもらったらどうだ」

「清河八郎さんですか」

「剣術ではおまえのほうが上だろうが、清河さんは天下国家についての論者だ。淡路坂に塾を開いてもいる」

馬之助は杯を宙に浮かしたまま、短く思案顔をしてから、

「わたしは顔は知っていますが、親しく話したことがないので、一度紹介してもらえませんか」

と、大河に請うた。

「いつでもいいさ。教えてくれと言ったら、喜んで請け合われるだろう。あの人の話は難しいからおれにはよくわからんが……」

そんな話をしていると、実家に戻っていた徳次が帰ってきた。

「どなたがお客だろうと思ったら馬之助さんでしたか……」

徳次は家から持ってきた乾物を、燗酒を運んできたおみつにわたした。

「いつもありがたいのですが、いいのですか？」

おみつが遠慮がちの顔を向けると、徳次は気にすることはない、店にはいくらでもあると笑ってみせる。

「徳次、おまえの店でも尊皇だ攘夷だという話が出るのか？」

大河は話を振ってみた。徳次がきょとんとするので、

「馬とそんな話をしていたのだ。なんだか道場でもさような話が出るだろう」

と、言葉を足した。

「まあときどき耳にしますが、うちにくる客は滅多にしないと思います。親父もおっかさんも商売のことは話しますが……」

「まあそんなもんだろうな。馬、世間は風まかせだろう。幕府がどうの夷狄がどうのと騒いでも、おれたちに何ができる？　国がどうの天皇がどうの、幕府がどうのと言うやつは勝手にさせておけばよいのだ」

「しかし、毛唐にこの国を乗っ取られたら一大事ですよ。そんなことを耳にするんです」

馬之助は真面目顔で言う。

「異国が攻めてきたら戦うまでだろう。それ以外にできることはないだろう。そのために腕を磨いているんだ」

「しかし、相手は大砲を撃ってきますよ。何十隻という軍艦が押し寄せてきたら剣術が強くてもかなわないのでは……」

大河はそう言われて、神奈川沖で見た黒船のことを思い出した。あのときは、身近で空砲を撃たれて腰をぬかすほど驚いた。

「そうか、軍艦か……」

「でも、幕府は軍艦を持つ異国と争いを避けるために条約を結んだのでは……」

徳次だった。

「異国がその約束を守らなかったらどうなるでしょう？　清国も同じような条約を結ばされ、ずいぶん不当な扱いを受け、開港した土地は異国のものになっているらしいのです。日本も開港しましたが、同じことになったら……」

「馬、おまえ、どこでそんな話を聞いてきた。ここで話し合ってもどうにもならぬことだろう。ささ、飲め飲め」

相も変わらず世情に関心のない大河である。

七

師走に入って江戸に雪が降った。

道にも屋根にもうっすらと雪が積もり、町は白一色に染められたが、積もった雪の嵩はさほどではなかった。それでも空は鉛色をした雲に蓋をされ、真昼でも薄暗くなっていた。

そんな日に大河は柏尾馬之助を清河塾に連れて行った。

「何故尊皇だ攘夷だと声高に叫ばれる人が増えたのか、そのことがよくわからないのです」

大河に紹介された馬之助は、早速、疑問に思っていることを清河八郎にぶつけた。

清河は静かな眼差しを馬之助に向け、尊皇の意味や攘夷がいかに大切かということを説明していった。

大河は二人のやり取りを壁に凭れて聞いていた。ときどきそばにある書物をめくってみたが、難しくて理解できなかった。それに似た書物はその座敷の至る所に積んであり、

（こんなものを読んでばかりいるのか……）

と、熱心に話す清河を見てあきれるやら感心するやらである。

清河は幕府のことや諸藩のことだけでなく、清国についても話をした。そんな話を聞くともなしに聞いていた大河に疑問が生まれた。

「清河さん、ひとつ伺ってもよいですか」

大河は頃合いを見計らって、清河と馬之助の話に割って入った。

「なんなりと……」

清河は穏やかな顔を向けてくる。

「清国は大変な目にあっているようですが、アメリカをはじめとした諸外国は、何故よその国に入りたがるんです？　自分の国がうまくいっていないからですか？」

「よいことをお訊ねになる」

「欧米諸国は、農業はもちろんのこと工業や商業が繁栄しています。さりながらそれらの国はまだ自分に満足できない。もっと豊かな国にしようと躍起になっているのです。その生け贄になるのが国力のない弱い国です。欧米列強はそんな国に進出し、自国の経済をさらに発展させようと目論んでいます。国が潤えば、そこに住む民も楽な生活を享受できる。また、自国を守るための軍備に力を入れることもできます。その軍備は幕府よりはるかに卓越しています。とてもいまの幕府が太刀打ちできる相手ではない」

「清河さんはそんな国に行かれたことがあるのですか？　まるで見てきたようなおっしゃりようだ」

「行かずともさような話はいくらでも聞こえてきます」

大河はいかにも怜悧（れいり）そうな清河を眺める。

「たしかな話なのですか？」

「そうです。アメリカや西欧の国々は日本より強大です」

「ならば自国に留まり、もっとおのれの国を豊かにすればよいのではありませんか。危ない航海をしてわざわざ遠くまで来ることはないでしょう」

「その国にないものが、よその国にあるからです。それは自分の国をさらに栄えさせるためのものがあるからです」

「すると、アメリカや西欧の国は煩悩が強いということになりますね。つまり、欲深いからよその国にちょっかいを出す」

「おっしゃるとおり。幕府はちょっかいを出されないようにしてきましたが、それができなくなったのです」

「井伊大老が勝手に条約を結んだからですか?」

「さようです。しかも、勅許を得ずにです。もっとも端緒になったのは、幕府がペリーの求めに応じたことでしょうが……」

その辺の経緯はぼんやりと知っているので、大河は口をつぐんだ。

「幕府は揺らいでいます。諸藩にもいろんな動きがあります。それはこの日本を守らなければならないからです。山本さんもおわかりのはず」

大河は小さくうなずいたが、

(やっぱりおれはよくわからぬ)

と、心中でつぶやき、今日はあまり長居できないので、この辺で失礼をすると言って馬之助を促した。

「清河さんは面白い人ですね。それにあれほど物知りだとは思いませんでした」

馬之助は表に出るなり感心顔をする。どうやら清河の人柄に魅せられたようだ。

「教えてもらいたいことがあったら、遠慮せず訪ねるとよかろう」

「はい、もっといろんな話を聞きたくなりました」

大河は雪道を歩きながら、別のことを口にした。

「お玉ヶ池に寄っていく。真田範之助がいたら立ち合ってみるか?」

「是非にもお願いしたいものです」

馬之助はとたんに目を輝かせた。

お玉ヶ池の道場を訪ねると、話をしていた真田範之助がひとりで素振り稽古をやっていた。あいにくの天候のせいか、道場にいる門弟は少なかった。

「真田、精が出るな」

ずかずかと道場に上がると範之助に声をかけ、柏尾馬之助を紹介した。

「柏尾さんの噂はかねがね耳にしておりました。一度稽古をつけてもらおうとひそかに思っていたのです」

範之助は汗を拭いたあとで、馬之助をまぶしそうに見た。

「わたしも真田殿のことを山本さんから聞き、是非にも一度立ち合いたく思っていました」

「二人がそう言うならいまからやろう。馬、支度をしろ」

大河がけしかけると、馬之助は頬をほころばせて支度にかかった。

「でも、お叱りを受けませんかね」

籠手をつけ胸当て（胴）をつけたところで、馬之助が心配する。

「試合ではない。稽古だ。うるさいことを言うやつがいたら、おれが話をする」

大河の言葉に安心したのか、馬之助が先に立ち上がった。遅れて立った範之助は静かに歩み出て、馬之助と対峙した。

「二人とも真剣に立ち合え。勝負は三本だ」

大河が声をかけると、両者は静かに間合いを詰め、竹刀の切っ先が触れ合う位置で互いの出方を窺い、隙を探す。

馬之助も範之助も気迫を漲らせている。馬之助が気合いを発すれば、範之助も負けじと気合いを返す。

範之助の右踵が浮いた瞬間、竹刀が峻烈な勢いで馬之助の面を打ちにいった。馬之助は払いかわすなり胴を抜きにいったが、範之助はうまく体をひねってかわした。

短い打ち合いで互いの位置が変わり、一呼吸の間を置いて、馬之助が突きを送り込んだ。外されると、さらに突き突きと連続技を繰り出し、止めに小手を打った。

決まった。先に勝ちを得た馬之助は静かに下がり、あらためて竹刀を中段に取った。範之助も中段。

勝ちを譲った範之助に焦りは感じられない。爪先で床を噛むように間合いを詰め、気合い一閃、面・面・面と激しく打ちにいった。

馬之助はかわしながら打ち返そうとしたが、体を寄せられたと同時に足払いをかけられ倒された。虚をつかれた馬之助は横に転んで立ち上がろうとしたが、大上段から面を打たれた。

ビシッと、鋭い音が道場にひびいた。馬之助は片膝をついたまま、悔しそうに唇を噛みゆっくり立ち上がり、肩を動かして呼吸を整える。

範之助は自分の間合いに下がって右下段の構えになった。馬之助は竹刀を中段に取り、鶺鴒の構えで間合いを詰めていく。

両者互角の戦いになり、大河は息を詰めて二人の動きを仔細に見る。力は互角のようだ。つぎの一番で勝敗は決するが、それは一瞬の隙を見つけたほうが勝つはずだ。

範之助は竹刀の柄を握る手からわずかに力を抜き、気取られないように息を吐く。腕にも肩にも余分な力は入っていない。

対する馬之助にも力感がなく、余裕の立ち姿だ。範之助が気合いを発した。馬之助が気合い負けをしないように応じ返す。

馬之助が先に剣尖を上げた。範之助も下段から中段、そして左足を前に出して八相の構えに変えた。その竹刀はさらに動き、頭上で円を描くように動いたと思ったら、激烈な勢いで打ち下ろされた。

馬之助は擦り上げて跳ねかわしながら一歩引き下がると同時に、床を蹴って前に跳び小手・面と打っていった。範之助は体をひねってかわし、逆胴を狙ったが外されて俊敏に下がる。

短いにらみ合いがつづいた。面のなかにある二人の顔に汗の粒が張りついている。両者息を殺しながら前に出る。見ている大河は我知らず拳をにぎり締めていた。

馬之助が剣尖を伸ばして面を打ちにいく。範之助もほぼ同時に面を打ちにいった。両者の剣尖がそれて、体をぶつけ合った。即座に範之助が押し返しながら小手を打つ。馬之助は体を寄せて外す。

と、範之助は馬之助を抱え込むように体を動かして倒しにかかった。一瞬後、馬之助の体が宙を舞うように飛ぶ。

(また、倒された)

大河は心中でつぶやいた。だが、馬之助は倒れずにうまく着地するや、逆袈裟に竹刀を振り上げ小手を打ちにいった。そこへ上段から範之助の打ち込み。

小手打ちが早いか、面打ちが決まったかと思ったが、両者決められずに離れる。しかし休む間もなく馬之助が前に出て、突きから小手、そして突きと出た。

範之助は突きと小手を外したが、最後の突きをかわしきれず、負けを喫した。

「そこまで」

大河が片手を上げて声を張った。

馬之助と範之助は作法どおりに一礼し、大河のそばに腰をおろして面を脱いだ。二人とも汗びっしょりだったが、清々しい顔をしていた。

「真田さん、久しぶりにいい稽古になりました」

馬之助が言えば、

「いえ、こちらこそ。負けましたが、楽しかったです。またお相手をお願いします」

範之助も嬉しそうな笑みを浮かべて答え、

「山本さん、まだまだ精進が足りないと思い知らされました」

と、言葉を足した。

「おれも、おまえたちに負けないように鍛錬を積まなきゃならん」

大河は二人の顔を交互に眺め笑みを浮かべた。久しぶりに楽しいひとときだった。

水戸家や鳥取藩、あるいは薩摩・福井・土佐・長州の有志たちによって井伊直弼襲撃計画の密計が企てられていたが、大河はそんな動きなどはまったく知らず、その年の師走をつつがなく送り、新年を迎えることになった。

第三章　新参者

一

安政六年（一八五九）――

新たな年を迎えた江戸は、穏やかな日和がつづいていた。大河の暮らしも江戸の町人らの暮らしにもとくに変わったことはなく、人々はにこやかに新年の挨拶を交わしていた。

徳次は新両替町二丁目にある実家の乾物問屋・吉田屋から、正木町の家に戻ってくるたびに、餅や干物を持ってくる。

「餅は余ってしまいますよ。徳次さん、もう食べきれません」

おみつがあきれ顔をすれば、

「近所にあげたらよいではないですか」

徳次は気前のよいことを言う。

たしかに暮れから餅の食べ過ぎだった。雑煮や焼き餅、ぜんざいはもちろんのことだが、それが毎日つづくと飽きてくる。

「徳次、おれも餅はもうたくさんだ」

大河が言葉を添えると、徳次はへこんだ顔をした。

「まあ、門弟のなかには餅好きがいるから持って行ってやろう」

「そうですね。せっかくですからそうしましょう」

人のよい徳次は胸を撫で下ろしたような顔をする。

桶町千葉道場の稽古始めは、松の内が明けた八日だった。師範の重太郎が門弟らに挨拶をして、早速稽古がはじめられたが、大河は師範代として門弟の指導にあたるのがあたりまえになっていた。

また大河の補佐をするのが柏尾馬之助である。いつしか馬之助のことを「塾頭」と門弟らが呼ぶようになっている。

最初は「こっ恥ずかしいのでやめてもらたい」と、言っていた馬之助だったが、いまはそれにも慣れたようだ。

千葉道場にかぎらず、この頃は練兵館でも士学館でも、そして玄武館でも師範代のことを「塾頭」と呼ぶようになっていた。

千葉重太郎は右目を失明してからも意気軒昂であるが、やはり片目では勝手がいかないらしく、

「大河、おぬしが頼りだ。いましばらく代稽古を頼む」

と、大河に自分の仕事をまかせていた。

それは正月も半ばを過ぎたある日のことだった。鳥取藩邸において剣術指南をしている重太郎の父・定吉が道場に顔を出し、大河と馬之助の労をねぎらった。

「重太郎は目が不自由になったが、おぬしらが助をしてくれるので心配はいらぬと言っている。わしも稽古ぶりを見て安心いたした」

「先生、今日はずっとこちらにおいでですか?」

馬之助は以前は定吉の内弟子だったからか、久しぶりに師匠に会って嬉しそうだ。

「骨休めをしておる。稽古を終えたら茶でも飲みに来るがよい。おぬしらとも話をしたいのでな」

定吉はそのまま母屋に向かった。

「先生は年を召されはしたがまだまだ元気だな。あの足の運びようはとても還暦過

ぎとは思えぬ」

大河は感心顔をして定吉を見送ると、再び門弟らの指導にあたった。

桶町千葉道場は門弟の数が増え、いまやお玉ヶ池の玄武館をしのぐほどの盛況である。元気な声と激しく打ち合わさる竹刀の音が充満し、磨き抜かれた床に汗が飛び散っていた。

大河はひとところの指導を終えると、母屋に足を運んだ。玄関は開け放されていたので、敷居をまたぎ、お邪魔しますと声をかけようとしたとき、いつにない重太郎の緊迫した声が聞こえてきた。

「まさか、そんなことがあったとは……。父上も加担しているのではないでしょうね」

「わしは知らぬ顔だ。懸念には及ばぬ。さりながらいよいよおかしくなってきた」

定吉の声は抑えられていたが、ただ事ではないといった響きがあった。玄関に入ったばかりの大河は、その場に立ったまま息を殺した。いま訪ねたら二人の会話を邪魔するような気がした。

それに、他人に聞かれたくないという空気を感じ、大河は動けなくなり、話が終わるのを待とうと、その場で体をかためた。しかし、抑えられた二人の声はいやがおうでも聞こえてくる。

「もとはと言えば水戸家に勅諚が下されたことなのだが、それも宜なるかなであった。井伊大老はその勅諚を幕府に寄越せとおっしゃっているが、水戸家は幕府にわたすぐらいなら天皇に返すのが筋だと突っぱねている。さらに、水戸家でも幕府に従ったほうがよいという家臣もいる」

「では水戸家は二つにわかれているのですか？」

「わしにはどちらの勢力が正しくて強いかわからぬが……」

「父上はさようなことに口出しされないほうが賢明だと思います」

「おぬしに言われずともわかっておる。しかしな、井伊大老討つべしという声は水戸家や鳥取の池田家だけではない。西国の諸藩にもその密計は伝えられている」

大河は唖然とした。ほんとうに井伊直弼暗殺計画が進んでいるのだ。玄関にも廊下にも人気がないのは、おそらく定吉が人払いをしているからだと納得した。そうなると、ますます声をかけづらくなり進退窮まった。

「玄武館とこの道場は水戸家の覚えがめでたい。その子弟も多い。気をつけなければならぬ」

「どういうことです」

重太郎の声はかすれていた。

「井伊掃部頭様は水戸、鳥取、福井の各藩の様子を探るために間者を放っているそうだ。掃部頭様のやり方を不服とする他の藩にも間者は送り込まれているだろう。さらに、玄武館にもこの道場にも探りを入れられているかもしれぬ。新しい入門者には注意しろ。このこと、道三郎にも話さなければならぬ」

そのために定吉は家に帰ってきたのだ。大河は暗い廊下の板張りを見つめる。すっかり訪ねる機会を逸している。声もかけづらい。

「父上、いまの話決して他言はいたしませぬが、父上も気をつけなければならぬのではありませぬか」

「言われるまでもない」

「しかしほんとうにさような密計が果たされるでしょうか？」

「先のことはわからぬが、ひそかな談合で終いになることを祈るしかない。掃部頭様を大老職から引きずり下ろす策は他にもあると思うのだ。そうは言っても、これはなかなか難しい話だ」

大河はもう立ち入ってはならぬと思い、座敷で話している二人に気取られないように、極めて慎重に後じさった。

二

　大河が道三郎に会ったのは、それから数日後のことだった。場所は玄武館の道場近くにある小体な料理屋だった。たまには一献傾けようと道三郎に誘われてのことだった。

　話は門弟のことや他愛もない世間話だったが、

「道三郎さん、水戸家の学問とはなんです？」

　と、大河が聞いたので、道三郎は目をしばたたき意外そうな顔をした。

「めずらしいことを聞くな？」

「水戸家の門弟だけでなく、水戸藩の領民たちの多くが水戸学を習っていると聞いたからです。桶町には鳥取藩池田家の門弟が多いですが、その門弟らも水戸学に通じています」

「そういうことか。なるほど……」

　道三郎は刺身をつまんで短く思案顔をしたあとで口を開いた。

「おれも詳しくはないが、簡略に申せば内憂外患ということであろう」

「内憂、外患……」

　大河は言葉を切ってつぶやく。

「この国には憂うべきことがある。同じく異国との煩わしい関わりもある。そのことをいかにうまくまとめるべきかということだ。それには伝統ある朝廷の権勢を尊び、日本を強固にしなければならぬ。だからといって幕府を蔑ろにすることではない。さようにおれは解釈している」

「それが尊皇攘夷ですか？」

「いかにもそういうことだ。されど、いまの幕府の武威は落ちている。とくに井伊大老を中心とした重役らが、諸外国と開国の条件を呑み、いまや港を開いている。考えてみれば、幕府はアメリカやロシアなどの脅しに屈したと考えてもよい。さようなことがあるから、幕府を糾弾する諸藩が多くなっている。水戸家然り、鳥取池田家然りだ」

「いまの幕府は頼りないということですか？」

「さようだ。水戸家は御三家でありながら、いまの将軍家への不満を募らせている。それは幼い将軍家茂様に代わって権力を行使している井伊大老らへの不満だ」

　家茂はまだ十四歳だった。よって幕政を仕切っているのは、井伊直弼や老中の間部下総守詮勝らだった。

「されど、水戸の殿様は謹慎されています」

「だからますます幕府に対する信用をなくしているのだ。それは水戸家だけではない。水戸家の考えに与する藩は多い。よっていまの幕府は、謀反を起こすかもしれない藩に猜疑の目を向けているらしい」

「いまの幕府が頼りないというのはわかりますが、徳川の治世を変えることなどできないでしょう」

「誰もがそう思っているし、そう思ってきた。だがな大河……」

道三郎は声を抑え身を乗り出してきた。

「この先のことはわからぬぞ。清河のことは知っておろう」

「むろん」

「あれは幕臣でもないし、どの藩にも仕えてもおらぬ。だが、文武に長じておる。さような草莽の士が蠢いているらしいのだ」

大河は嘗めるように酒を飲み、道三郎をまっすぐ見た。

「道三郎さんだから言いますが、井伊大老の命を狙う企てがあると耳にしましたが、ご存じですか？」

道三郎は息を止めた顔で大河を見つめた。

「大河、そのこと口にするな。おれたちには関わりのないことだ」

道三郎はゆっくり身を引いて言葉を足した。

「おれは道場をいかに経営するか、いかにすぐれた門弟を育てるか、そのことがまずもって大事なことだ。いらぬことは考えたくないし、首を突っ込みたくもない」

「それはおれも同じです」

大河が応じると道三郎は、ふっと口許(くちもと)に笑みを浮かべた。

「おまえは剣術馬鹿でよい。幕府がどうのこうのと考えても詮(せん)ないことだ。尊皇だ攘夷だと声高に叫んだところで何の得がある」

「いかにも」

大河は勢いよく酒をあおった。

「おぬしは日の本一の剣術家になると言った。そのことだけを考えておればよいではないか。おぬしに尊皇だ攘夷だというのは似合わぬ」

「そう思いますか？」

「いかにも」

道三郎にはっきり言われた大河は、やはり自分は剣の道を外れてはならない、道草を食う必要はないとあらためて思うのだった。

「よし、今夜は飲もう」

道三郎が手をたたいて女中を呼んだ。

それからの話は剣術一辺倒になり、いま江戸には目覚ましく強い相手が見あたらない。いったいどこへ行けばそんな男に会えるのだ。おのれの腕を上げるためには、より強い相手と立ち合うべきだという話になった。

「試衛館はどうだ？」

と、道三郎が思い出したように言った。

「嶋崎さんのいる道場ですか？」

「その嶋崎は並の腕ではないという噂だ。おぬしは一度立ち合っているが決着はつけておらぬ。そうであったな」

「たしかに」

大河は嶋崎勇（のちの近藤勇）と立ち合っているが、互いに一番取ったところで、勝手に引き分けにされ納得いかないものがあった。

「決着をつけたらどうだ」

大河は嶋崎勇の顔を思い浮かべ、その気になった。しかし、その思いは容易にかなわなかった。桶町千葉道場において片目を失った重太郎の代わりに、指南する仕事が忙しくなったからである。

三

桜の花が散り、躑躅の花が盛りを迎えた頃、牛込にある試衛館にひとりの男が入門した。

「お久しぶりです」

頭を下げた男に嶋崎勇は頰をゆるめ、

「よく来てくれた」

と、応じたあとで、道場にいる門弟をひと眺めして、

「知らぬ者もいるだろうが、この男は多摩石田村の名主の倅で土方歳三という。多摩の暴れ者だ」

と、土方を紹介した。

「暴れ者はひどい」

土方が苦笑いをすれば、嶋崎はすぐに言葉を返した。

「まあ、おぬしの噂はいろいろ聞こえてくるのだ」

「あまりよい噂ではないということですね。嶋崎さんも人が悪い」

「まあ元気がよいのは悪いことではない」

それから短い世間話になった。

嶋崎はときどき多摩に出稽古に行っているが、日野宿の名主・佐藤彦五郎宅を使うことが多い。その彦五郎の家に土方は度々出入りしていた。それというのも土方の姉・のぶが、彦五郎の嫁だからだった。

「土方は荒っぽい技を使うが、腕を試したい者はおらぬか?」

嶋崎は雑談のあとで道場にいる者たちを眺めた。すでに土方を知っている山南敬助や沖田総司は黙っていたが、若い門弟が威勢よく名乗りをあげた。

「お相手つかまつります」

土方は余裕の顔でその門弟を眺めると、

「存分に……」

と、応じて支度にかかった。端整な顔立ちだが、双眸をぎらつかせて相手をにらんでいた。嶋崎は土方の力量をある程度知っているが、ここ半年ほど顔を合わせていない。

半年で技量の上がる者がいる。土方の自信のある顔つきを見て、

（こやつ、相当腕を上げたな）

と、思っていた。

支度を終えた土方は相手と対峙するなり、いきなり打って出た。面から小手、さらに面を狙っての連続攻撃である。

「やーっ！　とーっ！　でやっ！」

相手は激しい攻撃に防戦一方になり、大きく下がったところで、強烈な突きを受けて後ろに倒れた。

土方は余裕の体で元の場所に戻ると、

「相手をしたい者がいたら受ける」

と、ぎらついた目で控えている門弟らを眺めた。

「ならば拙者が」

田中という背の高い男が名乗って、面をつけるなり土方の前に出た。

「おりゃッ！」

気合いを発して土方との間合いを詰めるなり打ちに行ったが、あっさりかわされ胴を抜かれ、さらに後ろにまわり込んだ土方から面を打たれた。土方はそれでも攻

撃をやめず、相手がよろけるように下がったところへ、突きを送り込んで倒した。

「何だ、張り合いがない」

土方はさらに相手を求めた。倒された田中を見た佐々木という男が立ち上がって、前に出ていった。しかし、佐々木もあっさり突きを食らい、さらに足払いをかけられ、無様にも転倒して負けた。

「つぎッ！」

土方はぎらつく目でつぎの対戦相手を求めた。

門弟らは勇を鼓して挑んでいったが、ことごとく土方に打ち倒されるのだった。

土方の勝ちは決してきれいではない。相手に肘鉄砲を食らわせたり、隙ありとみれば腹を蹴って倒したり、首を絞めながら投げ飛ばしたりと、まるで喧嘩殺法だ。

しかし、それは天然理心流にあってめずらしいことではない。どんな手を使ってでも相手を打ち倒すという考えのもと行われているのだった。土方はいささか乱暴なだけである。

「手応えのある者はいないのですか？」

土方は嶋崎を見てあきれたように首を振ったが、さすがに呼吸を乱し、肩を上下させていた。

「では、わたしがお相手つかまつる」

名乗りをあげたのは試衛館の食客になっている永倉新八（ながくらしんぱち）だった。

「土方さん、少し休んでからにいたしましょう」

永倉は思いやりを見せた。土方も水を所望し、一度腰をおろして汗をぬぐった。

「土方、永倉は手強いぞ。この男、神道無念流（しんとうむねんりゅう）の撃剣館（げきけんかん）で修行し、心形刀流（しんぎょうとうりゅう）の伊庭（いば）道場でも腕を磨いている」

嶋崎は永倉のことを紹介した。

「それで、なぜ試衛館に……」

土方は永倉新八に目を注いだ。

「わたしは嶋崎さんの人柄に惚（ほ）れて遊びに来ているだけです。それに、何故かこの道場は居心地がよいのです」

土方は嶋崎より一歳下で、永倉は五歳下の二十一歳だった。土方から見れば、若造に過ぎない。

「では、やりましょうか」

永倉が声をかけて先に立ち上がり、道場中央に進み出た。呼吸を整えた土方が遅れて立ち、互いに一礼ののちに竹刀を構えた。

とたん、土方が打ち込みにいった。正面からの突きだった。だが、永倉は擦りかわして面を打ち返した。

土方は体をひねってかわしたが、すぐには攻撃に転じなかった。間合いを取ったのは、短い打ち合いで永倉の腕を侮れないと悟ったからだ。

嶋崎はその二人の立ち合いを楽しげに眺めていた。互いに一進一退の攻防がつづき、なかなか勝負はつかない。

しかし、土方に焦りと苛立ちが募っているのがわかった。対する永倉のほうにわずかな余裕が窺われた。

床板が武者窓から射し込む日の光を照り返し、細かい埃を立てていた。気合いと気合いがぶつかり合い、竹刀の切っ先が短く触れ合い、かちゃかちゃと小さな音を立てた。

土方の左足の踵がわずかに持ち上がったときだった。そのときを待っていたように永倉の剣尖が一直線に伸び、見事土方の喉を突いていた。

「よし、それまで」

嶋崎が手を上げて、永倉の勝ちを認めた。土方は悔しそうに唇を噛んでいたが、

「まいりました」

と、素直に頭を下げた。

「土方、いい相手を見つけたのではないか？」

嶋崎は腰をおろした土方を見て言った。

「永倉殿との稽古を所望します」

土方が言えば、永倉は望むところですと笑みを返した。

四

雨が降りつづいていた。

庇から落ちる雨粒がぼとぼとと音を立てている。大河は道場の窓から表を眺めていた。盛りを終えた藤の花が萎れ、白い小手毬の花が風に揺れていた。

大河は汗が引いたところで道場を振り返った。

雨のせいか通ってくる門弟は普段より少ない。それでも一心に素振りを繰り返したり、打ち込み稽古に汗を流している者がいる。

そのなかに徳次の姿もあった。房州への武者修行に同行させ、個人的に鍛えたせいか、以前より筋がよくなり、勘も冴えている。

掛り稽古をしているが、相手は馬之助だった。徳次は馬之助に休まず打ち込んでいる。全身汗びっしょりで、すでに息が上がっている。それでも腹の底から気合いを発し、馬之助に打ちかかる。

払いかわされ、擦りかわされても、休まず体を動かすが、息が上がっているせいか隙だらけだ。出小手を狙って打ちに行ったが、逆に小手を打たれて竹刀を落とし、そのまま両手をついて激しく肩を動かした。

「徳次さん、この辺にしておきましょう」

馬之助が徳次に近づいて言った。

「は、はい。ありがとうございました」

徳次は呼吸を乱したまま壁際に下がり、噴き出る汗をぬぐった。稽古着は汗染みですっかり黒くなっていた。

「徳次さんは手応えのある技を出すようになりました。あきらめず鍛錬しているおかげでしょう」

馬之助が道具を外しながら大河に顔を向けた。

「いい加減腕を上げてもらわないとおれも困るのだ」

大河はそう言って馬之助のそばに腰をおろした。徳次の父親・五兵衛(ごへえ)にはあれこれ世話になっている。武者修行に行くときには路銀をくれるし、正木町の家も五兵衛が都合していた。それに倅の徳次を人並みの腕に仕立ててあげてくれと頼まれている。

それも徳次が家督を継げないからである。五兵衛は乾物問屋で財をなしているので、徳次が人並みの剣術家になれば、御家人株を買って与え侍にしようと考えていた。

大河はその意を酌んで徳次の面倒を見ているが、ようやく目鼻がつきそうなところまできていた。

「今年中には初目録は取れると思いますよ」

馬之助が顔を向けてくる。

「そう願いたいものだ」

大河がそう答えたとき、玄関にひとりの男があらわれた。

（あやつ、また来たか）

大河は内心でつぶやいて、玄関から道場に上がった男を見た。薩摩藩の中小姓・有村次左衛門だった。玄武館の門弟なのだが、ときどき桶町道場に顔を見せるようになっていた。それも決まって大河に稽古を頼む。

「いらっしゃってよかったです」

有村は大河に挨拶をしたあとで小さな笑みを浮かべた。

「なぜお玉ヶ池に行かぬ。おぬしの道場は玄武館であろう」

大河は苦言めいたことを口にした。

「山本さんの腕を見込んでのことです。それに藩邸からだとこちらのほうが近いのです」

薩摩藩島津家の上屋敷は、道場からも近い山下御門内にある。

「それはわかるが、おぬしは玄武館の門弟だ」

「承知しています。それでも山本さんにご指南いただきたいのです」

大河はそう言う有村の顔をまじまじと見た。

まだ二十一歳と若いが、れっきとした薩摩藩士である。大河は浪人身分だから同等の付き合いはできない。しかし、道場においては大河のほうが格は上である。

「何か都合の悪いことでもあるのか……」

有村は視線をそらし、表で降りつづいている雨を見て顔を戻した。

「清河さんと顔を合わせるのがいやなのです」

大河は眉宇をひそめた。

「おぬしは清河さんの塾に出入りしていたのではないか?」

「考えが合わないんです。あの方はもっともらしいことを話しますが、腰抜けです。侍とはおのれの信念を曲げず、まっすぐ進むものではありませぬか。ところが清河さんはそういう人ではなかった。詳しいことは申しませぬが、がっかりしたんです」

大河は短く有村を見て、

「何があったか知らぬが、玄武館に行けば顔を合わせることになるからここへ来ているということか」

「会えば、文句のひとつも言いたくなります」

有村はそう言ったあとで、

「山本さん、ご指南いただけませぬか。だめだとおっしゃるなら潔く帰ります」

と、大河を見てきゅっと口を引き結ぶ。

「……よかろう。だが、今日は雨のせいで暗くなるのが早い。長い稽古はできぬぞ」

断ってもよかったのだが、やる気のある男をむげに追い返すことはできない。大河は竹刀を取って有村と向かい合った。

有村は薩摩示現流の心得があるせいか打突が強い。それに敏捷だ。鍛えればものになると思うが、千葉道場の門弟でないのが残念だ。

約束どおり小半刻ほど稽古をつけてやり、有村を下がらせた。目をぎらつかせて闘争心を剝き出しにする男だが、礼儀正しく素直でもある。

「ご迷惑でなかったらまたお願いいたします」

有村は丁重に頭を下げて大河に礼を言った。

「まあ、おれの体が空いているときならいつでもかまわぬ」

大河は鷹揚に答えて有村を帰した。

すでに表は薄暗くなっていた。道場はさらに暗くなっている。

「馬、たまには酒でも飲むか。徳次も誘って一杯やろう」

大河が誘うと馬之助は目を輝かせ、喜んで付き合うと言った。それから帰り支度にかかっていると、徳次がそばにやって来て、

「試衛館の使いらしいです。山本さんに用があると言っています」

と、玄関に立つ男を見た。

「山本大河だが……」

大河は玄関で待つ男に名乗った。

「試衛館の嶋崎先生から頼まれてまいりました。もし、都合のよい日があれば遊びに来ていただけないかというお誘いです。先生はいつでもよいとおっしゃっています」

「嶋崎さんがそうおっしゃっておるのか。それはまた嬉しいことだ。では、近いうちに伺うと伝えてくれ」

使いの者は承知したと応じ、ぺこりと頭を下げて雨のなかに消えていった。

五

「今日は妙に蒸し暑い」

ぼやきながら土方歳三が嶋崎勇のそばに腰をおろした。

「長雨のあとだから湿気が多いせいだろう」

嶋崎は団扇を使いながら土方に顔を向け、山南敬助から麦湯をもらって飲んだ。

試衛館の母屋にある座敷だった。湿り気を帯びた庭に萩の花と紫陽花が咲いていた。今日は天気がよく、雨で濡れた地面も乾きつつあった。

「京に上る気はないですか？」

土方が唐突なことを言った。

「京へ……？」

嶋崎は土方に顔を向けた。

「そうです。いまの日本は京が中心だと聞きました。幕府も朝廷の顔色を窺っていると。それにずいぶん京は荒れているらしいです」

「誰からそんなことを聞いた？」

「勇さんが兄弟の契りを結んでいる彦五郎さんですよ」

土方は馴れ馴れしい言葉を使う。彦五郎というのは、嶋崎が出稽古に行く度に世話になっている日野宿の名主で、土方とも縁戚関係だ。

「彦五郎さんが何故そんなことを知っている？」

「あの人は地獄耳です。江戸のことにも京のことにも詳しい。まあ、日野を行き来する諸藩の武士から聞いたんでしょうが、まんざら嘘じゃないでしょう」

「京が荒れているというが、どういうことだ？」

山南敬助が土方に問う。

「わかりません。元気のいい志士が暴れているらしいというだけで……。ですが、江戸でくすぶっているより、京へ行ってひと暴れしたら面白そうじゃないですか」

「暴れて何の得がある？」

「へっ……」

土方は首をすくめて言葉をついだ。

「暴れているやつは、幕府か天皇かどっちかの味方でしょう。様子を見てどっちかに肩入れするんです」

「あきれたことを言う」

嶋崎は話にならんという顔で団扇を忙しくあおいだ。

「あきれたことじゃないでしょう。天皇家は攘夷です。幕府は開国です。暴れているやつらはそのどっちかのはず」

「どちらについたほうが得だと思うのだ」

聞いたのは山南敬助だった。

「そりゃあ幕府でしょ。幕府の助をすれば、仕官の口が見つかるかもしれない。勇さんだっていまの自分に満足していないはずだ。刀を差して侍を気取っちゃいるが、所詮百姓上がりの浪人でしかない。何とか剣術で身を立て、いずれは侍身分になりたいと思っている。おれだってそうだ。きっかけがありゃそれに飛びつく」

嶋崎は黙って受け流した。

たしかに土方の言うことはわかるが、無謀すぎる。

「おれたちは政に加わることなどできないのだ。それも幕府とか天皇とか、まるで雲の上の話だ。やめておけ、やめておけ」

「けっ、つまらんことを……」

土方はぷいっとそっぽを向き、足の親指をつかんでぐるぐるまわした。それから突然思い出したように、嶋崎に顔を向け直した。

「勇さん、この前話していた千葉道場の山本とかいうやつは、ちっとも遊びに来ないではないですか」

「使いを出して伝えてある。そのうち来るだろう」

「その男、ほんとうに強いんですか？」

土方は嶋崎と山南を交互に見る。

「強いのはたしかだ。わたしが玄武館にいる頃はさほどではなかったが、めきめき腕を上げ、練兵館の斎藤新太郎や弟の歓之助を負かしている。塾頭を務めていた長州の桂小五郎も勝てなかったらしい」

「へえ」

土方は目を輝かせて、話をつづける山南を見る。

「士学館の桃井さんも倒していれば、その高弟も負かしている。たしかに山本は強くなっている」

「勇さんとは分けたんでしょう」

嶋崎は苦笑して応じるしかない。

「まあ、相手をしてみればわかる。面白い男だ」

「そんな話を聞くと腕が鳴る。早く会いたいもんだ」

土方がそう言ったとき、座敷口に沖田総司がやってきて、

「先生、千葉道場の山本さんが見えました」

と、告げた。

「どこにいる？」

「道場でお待ちです」

嶋崎はすぐに行くと答えて、土方と山南を促した。

道場で待たされている大河は、目の前で汗を流している門弟たちの稽古ぶりを眺めていた。八つ時（午後二時）を過ぎているせいかその数は多くなかった。いずれの者も技量が足りず、まだまだ磨き甲斐があると、勝手なことを思った。

しばらくして、上座の近くにある脇戸から嶋崎があらわれた。つづいて山南敬助と不遜な面構えの男、そして応対をしてくれた沖田総司が道場に入ってきた。

「お誘いを受けて遊びにまいりました」

下座に控える大河は嶋崎に声をかけた。

「しばらく見えなかったので、忙しいと思っていました。お達者そうで何よりです」

「嶋崎さんも……」

大河はそう応じてからかつて玄武館の門弟だった山南敬助を見て目礼をした。

「山本、噂は聞いておる。相当腕を上げたらしいではないか」

山南が声をかけてきた。

「さほどではありませぬ」

「武者修行に出たとも耳にしたが……」

「そんな噂が届いていましたか。はい、西国へ行ったり房州をまわったりしてきました」

「ほう西国へ。いい修行になりましたか？」

嶋崎だった。

相変わらずどっしりした面構えで、貫禄は以前のとおりだ。

「いろいろ学ぶことがありました」

大河はそう言って、高崎の津田道場や木曽の遠藤五平太と立ち合い、その後岩国で宇野金太郎の道場に寄ったことや、九州にわたり大石道場と久留米の松崎浪四郎の道場で世話になったことをかいつまんで話した。

「それは名だたる剣客ばかり。さぞや学ぶことは多かったでしょう」

嶋崎は感心顔をした。

「たしかに、世の中は広く、おのれの未熟さを思い知らされました」

「されど、勝ちは譲らなかったのでは……」

大河は首を振った。

「いいえ、苦い思いを幾度か味わわされました。さりながらおのれの修行に役に立ったのは、疑いなきことです」

「するとさらに腕に磨きがかかったということでしょう。それは楽しみ。あ、これにいるのは土方歳三という者です。わたしと同じ多摩の出で、腕を上げている男です」

大河は土方を見た。不遜な面構えで丈夫そうな体をしている。

「山本さんの話をしたところ、是非にもお相手したいと申すのですが、いかがでしょう？」

「いっこうに構いませんが、今日これからということですか？」

大河は嶋崎に問うた。

「都合が悪いようでしたら、日をあらためてお願いします」

大河は腕に自信があるのだなと思った。ならば望むところである。

「先生、わたしも山本さんと立ち合ってみたいのですが……」

そう言ったのは沖田総司だった。

大河は沖田をひたと見つめた。何度か嶋崎の使いで道場に来ているし、嶋崎と試合をしたときも同席していた。しばらく会わなかったが、背も伸び、体もできている。しかし、まだ顔には幼さを残していた。

「沖田は昨年、免許を授かったばかりですが、なかなかやります」

嶋崎が言葉を添えたので、

「よいでしょう。喜んで」

と、大河は応じた。

「いえ、構いません」

求められれば断らないのが大河だ。とたん、土方の目が嬉しそうに輝いた。大河

六

大河は沖田総司の求めに応じ、早速、立ち合った。

互いに礼をして竹刀を構える。沖田はまだ十八と若いが、立ち姿がよかった。向かい合ってすぐに大河が感じたことだ。

（ほほう、油断できぬ相手ではないか）

内心で感心しながらも嬉しくなった。何より知らない相手との試合が楽しくてならない。それは武者修行をする前からのことだが、いまはその楽しみ方にゆとりができている。相手の腕を見たいし、どんな技を使うか知りたい。

「さあ！」

大河はかかってこいと言わんばかりの声を発した。沖田が誘われたように摺り足で詰めてくる。

「おりゃあ！」

沖田は気合いを返してきたが、顔に似合わぬ耳に響く声だった。背はそう高くない。怒り肩で、腰が据わっている。

大河は出方を待つために左にまわった。とたん、沖田の竹刀が伸びてきた。突きである。剣尖をそらしてやったが、即座に二段三段と突きが送り込まれてきた。大河の目が光を帯びた。耳許に冷や汗が流れもした。

沖田の意外な突きには目をみはるものがある。

大河は「よし」と内心で気合いを発し、間合いを詰めた。詰めたとたん、沖田が打ちかかってきた。擦り上げてかわし、即座に跳ね返した。

沖田の目が大きく見開かれた。大河の体をかすりもしないからだ。

「そりゃあ！」

大河はまた誘いかけの気合いを発する。沖田がすぐに応じ返し、また詰めてきた。

今度は大河も前に出る。沖田の剣尖がわずかに持ち上がったとき、大河の竹刀がまっすぐ飛ぶ燕（つばめ）のように動き、ぴしりと沖田の面をとらえていた。飛燕（ひえん）という技だった。

面を打たれた沖田は目をしばたたいていた。いったいどうして、と小さくつぶやきもした。

「見事でした。最初の三段突きにはやられそうになりました」

大河は下がって一礼したあとで言った。

「いえ、まいりました」

沖田も素直に負けを認めて下がった。

「では、土方」

嶋崎に促されて、土方が立ち上がった。炯々（けいけい）と光る眼光は闘争心に満ち溢（あふ）れている。丈夫な腕と足を持っているのがわかる。胸板も厚い。

大河は静かに対峙した。すっと竹刀を突き出すと、土方がいきり立ったような気合いを発し、先に攻めてきた。大河は落ち着いて擦り落としてかわす。だが、土方は攻撃の手をゆるめず、がむしゃらに打ちかかってくる。

下がると体あたりするように突っ込んできた。片腕を腰にまわし、振りまわそうとする。大河が動じないと、足払いをかけてきた。

だが大河はよろけもしない。どん。土方が肘を使って胸を突いてきた。まるで喧嘩であるが、大河は少しも慌てなかった。嶋崎と立ち合ったときも、投げ技を使われたので、土方の動きはある程度読めていた。

突き放して間合いを取ると、土方は竹刀を右手一本で持ち、切っ先を床板につけたまま詰めてくる。竹刀の切っ先が床を擦る音がする。

間合い一間になったとき、土方の竹刀がさっと上げられた。すでに両手で竹刀を持っていたが、そのまま上段から唐竹割りに打ち込んできた。

だが、大河の動きが一瞬速かった。懐に飛び込むように動きながら、喉元に突きを入れたのだ。

ドスッという音と同時に、土方の体がのけぞって横に倒れかかったが、かろうじて片膝をついて持ちこたえた。

「そこまで」

嶋崎が大河の勝ちを認め、土方に下がるように命じた。大河はゆっくり後退し、一礼した。土方も礼を返してきたが、さも悔しそうな顔をしていた。

「山本さん、噂どおりでした。以前より格段に腕を上げておられる。天晴れな腕前だ」

嶋崎が感心顔を向けてきた。

「さほどのことはありませんよ」

謙遜する大河は、沖田の剣の腕は並ではないと思った。磨きをかければかなり練達の剣士になるに違いない。土方はがむしゃらな攻撃型で、相手を圧倒する迫力がある。どんなに剣術の腕がよくても、気の弱い相手なら尻込みするだろうと思った。

「わざわざ足を運んでいただいたのに、いきなり立ち合いを望まれてご迷惑だったでしょうが、どうかお許しを」

嶋崎が貫禄のある体で頭を下げると、大河は何も言えなくなる。この男は妙に人を惹きつける魅力がある。

「いえ、楽しませていただきました」

「そう言っていただき恐縮です。母屋(おもや)のほうでゆっくり茶でも飲んで行ってください」

嶋崎が汗をぬぐっている大河を誘った。

「それではせっかくですので、お言葉に甘えます」

母屋の座敷に案内された大河は、嶋崎と山南敬助と向かい合って茶を供された。

「いまや、桶町のほうがお玉ヶ池より門弟が多いと聞いたが、そうなのだろうか？」

茶を一服したところで山南が聞いてきた。

「たしかに桶町の門弟は増えています」

「山本は塾頭を務めていると耳にしているが……」

「重太郎先生が怪我をされまして、代稽古(だいげいこ)をまかされているのです」

「重太郎先生が怪我を……」

山南は怪訝(けげん)そうな顔をした。

「稽古中に相手をしていた門弟の竹刀が割れ、その切っ先が右目を突いたのです。いまは片目になられました」

「片目というと、見えなくなったのか？」

大河がうなずくと、山南は驚き顔をして、

「それでもお達者です。片目でもいずれ不自由なく動けるようになる。そうなったらしっかり門弟の指南をするとおっしゃっています」

「さようであったか。わたしがよろしく言っていたと伝えてくれ」

「きっと喜ばれますよ」

「ところで、桶町道場もお玉ヶ池の玄武館も水戸家と縁が深いが、やはり攘夷だ尊皇だ、開国だと騒がしいのであろうか？」

嶋崎が話題を変えた。大河はどう答えようかと、茶を飲んで短い間を取った。

「門弟のなかにはそんな話をする者もいますが、わたしや道場には関わりのないことです。ひょっとして嶋崎さんは……」

大河は嶋崎を眺めた。

「わたしはそういったことには疎いのだ。ときどき清河塾に遊びに行って話を聞くが、さっぱりだ」

「清河さんと付き合いがあるのですか？」

大河は意外な気がした。

「それはお気の毒な」

と、しんみり顔になった。

「深い付き合いではありません。あの人は学問がおありで、わたしの知らないことを教えてくださる。ただそれだけのことです。山本さんも清河さんから教えを……」

「わたしは門外漢です。幕府がどうの天皇がどうのという話は苦手です」

大河はそう言って小さく笑った。

「ならばわたしと同じですな」

嶋崎も笑いを返してきた。それから短い世間話となったが、

「いや、今日は楽しませていただきました」

と、辞去の挨拶をした。

「遠慮はいりませんから、暇なときにはいつでも遊びに来てください。この頃はいろんな者が出入りして、勝手に飯を食ったり酒を飲んだりし、そのまま泊まっていく者もいます。山本さんだったら大歓迎です。今度はゆっくり旅の話を聞かせてください」

そう言った嶋崎は玄関の表まで出て、大河を見送ってくれた。

「今度は手土産を持って伺わせていただきます」

大河が言葉を返すと、嶋崎は楽しみにしていると大きな口をゆるめた。

七

江戸は梅雨をやり過ごし、暑い夏を迎えたと思ったら、あっという間に紅葉の季節になり、そして気がついたら年の瀬になっていた。

大河の日々は房州から帰ってきてから大きく変わることがなかった。道場で師範代の役目をこなしながら自己鍛錬をし、ときにお玉ヶ池の玄武館に行ったり、嶋崎勇の試衛館に遊びに行ったりもした。

玄武館や試衛館に行くのは、弟子に稽古をつける必要がないし、滅多に立ち合うことのない相手と竹刀を交えることができるからだ。そこには新たな発見があり、自己を昇華させることもできた。

そして、以前より自分に課していたことが少しずつわかってきた気がする。

それは、木曽福島に行った折、剣客・遠藤五平太に言われた「心を磨け」「おのれの力量に自惚れるな」ということだった。

五平太は大河と立ち合ったあとで、

——剣に驕りがある。

と、指摘した。自分の力を過信し、自惚れている大河の心を見破ったのだ。

そのじつ、大河は九州で負けを喫し苦悩した。

五平太に言われたことは心の奥にいつもこびりついていたのだが、門弟に指導をし、また流派の違う道場で竹刀を交えるうちに相手のことがわかった。同時に、おのれを顧みることができるようになった。

他流派には腕自慢がいる。自分は強いと思っている。しかし、それは愚かな驕りであり、自分の力量を理解していないだけである。そういう相手と立ち合ったとき、大河はことごとく鼻をへし折ってやった。

例えば、試衛館の土方歳三である。彼はめっぽう強い。強いがはちゃめちゃな力技のみで剣技に進化が見られない。ただ長所もある。もし、真剣の戦いなら土方はかなり有利に戦えるだろう。大河はそう見ていた。

迫力をもって相手を押し切るということだ。

大河の内面に変化があったように、同居している徳次やおみつも少しずつ変わっていた。

まず、徳次が秋に初目録を授かったのだ。このとき徳次は有頂天になって喜び、目に涙を浮かべながら大河に感謝した。

それだけではなく徳次の父・五兵衛も徳次の昇進を心より嬉しがり、一流料理屋に大河を招待し過分なほどのもてなしをした。

さらに、五兵衛は金に物言わせ、徳次に御家人株を買って与えた。そのことで徳次は町人から侍身分になり、大小を差し大手を振って歩くようになった。

また徳次は正木町の家にいることが少なくなり、大河とおみつに遠慮したのか、先月の十一月に近くに新たな住まいを借りて住むようになった。

「おまえが出て行くと、おれも住みづらくなる。この家はおまえの父親に借りてもらっているのだ」

大河はそう言って引き止めたが、

「心配いりません。おとっつぁんは承知してくれています。気遣いは無用ですから、どうぞ遠慮しないでください」

と、徳次は大河を必死に説得した。

いまや大河の内縁の妻になっているおみつも恐縮したが、徳次の考えは変わらず、また父親への遠慮もいらないと繰り返した。

大河としては甘えるつもりはないのだが、

「では、吉田屋の厚意に甘えることにする」

と、開き直った。徳次の実家は江戸で五本の指に入る大きな乾物問屋である。金一分二朱の家賃など痛くも痒くもないのだ。

あれやこれやで大河はおみつと二人暮らしになったが、いまやおみつはすっかり一家の主婦になっていた。

かといって出しゃばったことは言わない、よく尽くしてくれる女で、この頃は近所付き合いも増え、晩酌する大河に聞いてきた世間話をよくするようになった。それに出会ったときと違い、おみつはよく笑うようになった。

大河の暮らしは充実してきているが、強い相手に不足していた。それが唯一の悩み事であるが、いまは重太郎に代わって門弟への指導に熱を入れるべきなのだという諦念があった。

(焦ることはない。いずれ自分が相手を求めたように、いまは剣術の腕を上げてきた者が立ち合いたいと申し入れてくるだろう。そのときを待とう)

大河はそう思うようになっていた。

道場での大河の指導は厳しく、激しい稽古を強要した。なかには音を上げてやめていく者もいるが、歯を食いしばって食らいついてくる者もいる。大河は去る者は追わずだが、必死についてくる者には厳しさと同時に親身な指導を怠らなかった。

玄武館の門弟でありながら桶町の道場にときどき顔を見せる、薩摩の有村次左衛門もそのひとりだった。玄武館で修行に励むように諭したこともあったが、有村は忘れかけた頃にふらりとやって来ては大河の指導を請うた。

その熱心さに大河は負けて、有村がやって来れば、追い返しても利かない男だとわかっているので、半刻ばかり相手をしてやるのが常だった。

そんなある日、有村が生真面目な顔で、じつは脱藩したと告白した。

「薩摩島津家から離れたというのか。なぜ、さようなことを……？」

「拙者にはいろいろ考えることがあります。山本さんにはきっとわからないと思いますので、詳しいことは言えません」

大河はそんなことを言う有村をじっと眺めた。幕府を見限り尊皇攘夷に走る志士が多いのは大河も知っていた。水戸家にもそんな家臣が増えていると聞いてもいる。だが、それは当人の勝手で、大河には関わりがないし、興味もなかった。

「よくよく考えてのことだろうが、道を踏み外すようなことは慎め」

大河に言ってやれるのはそれぐらいだった。

その日を機に、有村は道場にあらわれなくなった。それが十二月の初めだった。

それから日を置かずして、門弟の斎藤熊三郎が声をかけてきた。

「兄が是非にも山本先生に、折り入って大事な話があると申しています。何が何でも会って話をしたいと……」

熊三郎の兄は清河八郎である。

「いったいどんな話であろうか」

疑問を口にする大河に、

「兄は山本さんを必要としているようです」

熊三郎はきらきらした瞳を向けてくる。

「わかった。いまの塾はお玉ヶ池の近くであったな」

清河は淡路坂に塾を持っていたが、その年の三月に火事に遭い、塾を移していた。

「さようです。できれば明後日の夕刻に来てもらえればありがたいと申しています。では、しかとお伝えしましたので……」

「いったい何の話があるというのだ。おれを必要とするなどと……」

熊三郎はそう言うと頭を下げて道場を出て行った。

心をくすぐられることを言われると気になる大河である。

第四章　桜田事変

一

二日後――

お玉ヶ池にある清河塾の座敷には、清河の同志らが参集していた。薩摩の脱藩浪人・伊牟田尚平、山岡鉄太郎、医学の心得のある安積五郎、信濃出身で医者の石坂周造など、合わせて十人ほどだった。いずれも清河の尊皇攘夷論に心を通じ合わせている者たちだ。

六畳の座敷には丸火鉢が置かれ、行灯が四隅に置かれ、清河のそばには燭台が灯されていた。雨戸も縁側の障子もきっちり閉めてある。

同志らはぼそぼそと低い声で他愛ないことを話しながら、清河の講義がはじまるのを待っていた。

「兄上、山本さんが見えました」

熊三郎が廊下側の障子を開けて告げた。おしゃべりをしていた者たちが一斉に口をつぐみ、清河が熊三郎に目を向けると、山本大河がのそりと入ってきた。集まっている者たちを見て、少し驚き顔をしたが、

「遅くなりました。それにしてもこれは、何の集まりです？」

そう言って、山岡のそばにどっかりと座った。

「山本さんを待っていたのです。みんな、知っている者もいるだろうが、いまや北辰一刀流で右に出る者のいない山本大河殿だ。桶町千葉道場の塾頭でもある」

「ほう」と、驚く者。「この方がそうであったか」と、感心顔をする者がいた。

大河は熊三郎からわたされた茶に口をつけ、何の取り得もない男ですと、にやりと笑う。

「山本さん、今日来てもらったのは、わたしの話を聞いて、是非とも仲間になってもらいたいからです。あなたのような剣技にすぐれた人を必要とするからです」

清河はまっすぐ大河を見て言った。

「みなさん賢そうな人ばかりだ。わたしのような木偶の坊でお役に立てればよいで

すが、いったいどんな話です？」

大河は余裕の体で言う。

そこにいるだけで存在感があるので、清河はこの男を手放したくない、何としてでも近くに置きたいという思いを新たにした。

天下の革命を実行するには、学問や道理で通用しない力が必要だ。山本大河という男はその「力」があるし、いざというときには頼れる男のはずだ。清河はそう考えていた。

「みんな、今日は他でもないある考えがあって集まってもらった。いつもの講義ではないから楽にして聞いてくれ」

清河はそう前置きをすると、

「すでに聞き及んでいる者もいると思うが、昨年より幕府の横暴は目を覆うばかりだ。いや、幕府と言っても井伊大老をはじめとしたその側近たちの無謀な振る舞いである。何故、さようなことになったかもはや仔細申すまでもないと思うが、振り返ってみればペリー来航により、愚かにも幕府が相手の不等な条約を諾したことだ。和親条約につづき、日米修好通商条約、その後もイギリス・ロシア・オランダ・フランスとも条約を結び、つぎつぎと港を開いている。結句、よいことがあっただろうか」

「何もない」

口を挟んだのは石坂周造だった。

「米に油に茶などをはじめ、何もかもが値上がりし、庶民の首を絞めている。生糸だけは異国の買い手がついて潤っているらしいが、ただそれだけのことで、よいことは何ひとつない。あきれたことだ」

「ま、さようなこともあるが、放っておけぬ大事なことは、いまの幕府の悪政を変えることだ。井伊掃部頭が大老職についてからおかしくなった。将軍継嗣にも異論はあるが、今夜はそのことは省く」

清河は一度茶に口をつけてから、

「悲しむべきことがある」

と、低い声で言って短い間を取り、またつづける。

「昨年、違勅と調印を不服として登城された水戸家の先の殿様だった斉昭公、藩主の慶篤様、尾張藩主の徳川慶勝様らが井伊大老に詰め寄られた。されど、そのことが無礼にあたるとされ、お三方は隠居並びに謹慎、蟄居(ちっきょ)を申し渡され口を封じられた。違勅調印には諸藩の志士らも憤りを抑えずに立ち上がった。小浜藩の梅田雲浜殿、長州の吉田松陰殿、京都の儒学者・頼三樹三郎殿、あげたら切りがない。いずれの方も死罪のうえ、斬首された。その数、百人は下らぬ。切腹を命じられた方もおれば、獄につながれたまま命を落とされた方も少なくない。あろうことか井伊大老の横暴は朝廷にまで及んでいる。井伊大老は将軍ではないが、将軍の権威を笠に着て、自分と側近らのやり方に反対する人をつぎつぎと処断している。斯様な横暴を黙って見ているわけにはいかなくなった」

清河は言葉を切って、また茶に口をつけた。大河を見ると真剣な顔をしている。

「水戸家には井伊大老暗殺を企てる者がいると耳にしている」

「たしかにいます。いますが、動きは止められています」

口を挟んだのは山岡鉄太郎だった。

「まことであるか？」

「委細までは存じませんが、水戸家には天皇の勅諚がわたされています。幕府はその勅諚を欲し、引きわたすように催促していますが、水戸家内では、勅諚は諸国に伝えるべきではないという考えをする一派と、勅諚を奉じて諸国に広めるべきだ、幕府がわたせと言うなら天皇に返納すべしという豪気な一派にわかれています。豪気な一派の先頭に立っておられたのが家老の安島帯刀様でしたが、この秋に幕府評定所で切腹を命じられ身罷られました。さりながら、安島様の意志を継いだ家臣が脱藩しているようです。その数は少なくありません」

「その脱藩した者たちが井伊暗殺を企てているかもしれぬと……」

このとき後ろの席に座っていた大河が、すっと背筋を伸ばして自分に視線を注いできたのを清河は見た。

「もしや、山本さん、その話をご存じで……」

「耳にしたことはありますが、さような物騒なことには関わりたくありませんね」

大河はそう言ってまわりの者たちを眺めたが、誰もがしらけたような顔をしていた。

「ま、ともあれいろんな経緯はあるが、井伊大老は将軍が幼いことをいいことに、おのれの権勢をふるおうとしている。世間の公論正義を忌み嫌うように有能な方々を弾圧し、畏(おそ)れ多くも天皇のお心までも悩ませている。いまや幕政は乱れ、夷狄(いてき)からは嘗(な)められ、この日本国は大きな害を蒙(こうむ)っている。そうは言うが、わたしは幕府を敵にまわすつもりはない。幕政を正しく導き、尊皇攘夷(じょうい)をはかり、天下万民を案じるために、ここに同志の会を発足させようと思う」

清河は言葉を切って目の前の男たちを静かに眺めた。誰もがつぎの言葉を待っている顔をしている。燭台の芯(しん)がじじっと鳴り、黒い煤(すす)が流れた。

「会の名は、『虎尾の会』としたい」

「虎尾の会……」

つぶやいたのは益満休之助という薩摩藩士だった。

「さよう。この国を正しく導くためなら虎の尾を踏む危殆も怖れぬという意味だ」

「よい名だと思います」

山岡鉄太郎が納得顔でつぶやけば、他の者たちも互いの顔を見合わせて、いい会の名ではないかと言った。ただひとり山本大河だけは、何も言わず、腕を組んだまま目をつむっていた。

（わたしの思いは伝わらぬのか……）

清河は大河を眺めてそう思った。

「あらためて発足の式を行おうと思うが、その時日はあらためて知らせることにいたす」

二

江戸は安政七年（一八六〇）の正月を迎えた。

大河とおみつは正木町の家で新年を祝い、愛宕権現社へ初詣に行った。よく晴れた日で、空は澄みわたり北の方角に銀雪の富士を拝むことができた。境内の梅は蕾を開こうとしている。近くの地面には福寿草が見られ、蕗の薹もあった。

「旦那さん、暮れから少し飲み過ぎですね。今夜は粥でも作りましょうか。境内を歩いているうちに春の七草を見つけたんです。神社の草花は摘めませんけど、青物屋に行けばあるはずです」

愛宕下の通りへ出たところでおみつが楽しそうに言った。

「七草粥か……。そう言われると久しく食っておらんな。是非にも頼もう」

「では、あとで青物屋に行ってきます。それにしてもみんな楽しげですね。やっぱり正月ですね」

おみつはすれ違う町の娘たちを眺めて言う。誰もが艶やかな晴れ着姿だった。子供連れの侍もいれば、商売繁盛を祈願してきたらしい商家の主と小僧もいる。

町屋の路地には独楽をまわして遊ぶ子供がいて、屋根に上って凧を揚げている親子の姿もあった。

「どんな年になるかな」

大河が遠くの空を見てつぶやくと、

「きっといい年になりますよ。旦那さんはいよいよ日本一の剣術家の夢を果たして……」

おみつはそう言って、うふふ、と含み笑いをして見てくる。

「さてどうなるものやら」

「あら、浮かない顔。きっと大丈夫ですよ」

おみつはにっこり微笑む。出会った当初はそんな顔など見せなかったのに、いまやすっかり女房気取りである。

「おまえに言われると、そんな気がする。そうだな、おれの進む道はひとつだけだからな」

大河はそう言いながら、暮れに清河八郎に誘われたことを思い出した。同志になって、ともに立ち上がろうと言われたが、大河は道場のことがあるのでいまは返事ができないとやんわり断っていた。

もし、また誘いかけられたら断るつもりだ。たかだか十数人の同志で、幕府を動かせるとは思えない。気概はわかるが、無理な話だ。

家に帰ると、おみつは早速青物屋に買い物に出かけた。大河は火鉢にあたりながら日の光を受ける真っ白い障子を見た。

川越にある実家はいまどうなっているだろうかとぼんやり考える。妹の清が養子をもらい、長男である大河は家督を譲っている。

顔を見に帰ってもよいが、もう自分の身の置き場のないことはわかっている。ただ、父親はすでに死んでしまったが、健在なはずの母・久のことをときどき思い出す。

（どうしているだろうか）

内心でつぶやいたとき、玄関に訪う声があった。徳次だとすぐにわかる。

「おお、上がれ上がれ。遠慮はいらぬ」

声を返すと、徳次がにこやかな顔であらわれ、新年の挨拶をし、まわりを見ておみつのことを聞いた。

「買い物に行っている。今夜は七草粥を作ってくれるそうだ」

「暮れから酒の飲み過ぎですから、疲れた腹のためにいいですね。と言いますが、新年の挨拶だとおとっつぁんからの差し入れです」

徳次は風呂敷包みを解いて一升徳利を差し出した。

「世話になっているのはおれのほうなのに恐縮するではないか」

「なになに遠慮はいりませんよ。こういうことがおとっつぁんは好きなんです。ところで薩摩の有村次左衛門殿は見えませんか？」

徳次は一杯引っかけてきたらしく、かすかに頬を赤くしていた。

「有村……いや、来ておらぬ。なぜそんなことを聞く？」

「去年の暮れに表の通りで偶然会いましてね、それで立ち話になったんですが、わたしの家に遊びに行ってよいかと聞かれたので、遠慮はいらない、いつでもいらっしゃいと言いますと、日をおかず見えて泊まっていったんです。それから度々遊びに来ては泊まっていきます。脱藩したので住処がないらしいのです」

「有村は何をやっているのだ？」

「さあ、なにも仕事はしていないようですが、いろいろとやることがあって忙しいと言っています」

「おそらく草莽の志士を気取っているんだろう」

「は……何ですかそれは？」

「有村のように脱藩して浪人になる者が増えているらしい。そういう者たちとつるんでいるんだろう。あまり深く関わらぬほうがよいぞ」

大河は清河の話を思い出して釘を刺した。

「で、早速やってみますか。下り酒ですからうまいはずです」

徳次は持参の一升徳利を見て言う。

暇を持て余している大河に断る理由はないので、昼酒をはじめた。

「ご存じですか。幕府がアメリカに行くらしいのです」

「幕府がアメリカに、どういうことだ？」

大河はふっくらした丸顔を眺めて口に酒を運ぶ。

「幕府というのは大袈裟（おおげさ）ですが、長崎に海軍伝習所（かいぐんでんしゅうじょ）というのがあって、そこで航海術を習った人たちが使節になるらしいです」

「へえ、そりゃ面白い話だな。アメリカへねえ」

「海軍伝習所には幕府が買った咸臨丸（かんりんまる）という軍艦があるそうで、それで海をわたるって話です。それだけではないのです。アメリカのポーハタンという軍艦にも幕府の使節が乗り込んで海をわたるそうで……」

徳次はそう言ったあとで、何かうまい肴（さかな）を持ってくればよかったなとぼやいた。

「アメリカへ行くのはみんな幕府の者か？」

「そりゃあそうでしょう。詳しいことまでは知りませんが」

「するとアメリカに乗り込んで何か大仕事でもするつもりなのか」

徳次はさあと首をかしげる。

おみつが戻ってきたのはそのときで、徳次を見ると新年の挨拶をして七草粥を作るので食べていってくれと言い、早速台所に消えた。

大河が清河八郎と会ったのは、それから半月後のことだった。場所は玄武館千葉道場で、道三郎と世間話をして帰るときだった。

「山本さん、少し話をさせてください」

「お急ぎでしょうか？」

大河が問うと、清河は供連れの石坂周造と一度顔を見合わせた。石坂は清河塾にいた男なので、大河は親しくはないが顔は知っていた。

「急ぎだ」

清河は切羽詰まった顔をしていた。普段はやわらかい物腰と同じく丁寧な言葉を使うが、少々権高に言った。

三

清河とはしばらく距離を置いていた大河だったが、そのときは断ることができなかった。話だけならと、清河の家に誘われて入り、座敷で向かい合った。石坂周造もそばに腰をおろし、気の張った顔を大河に向ける。

「昨年の暮れに山本さんに話したことです。わたしは『虎尾の会』を発足します。同志は二十人ほどですが、気概をひとつにできる同志をひとりでも多く集めたい」

清河は大きな目に力を入れて見てくる。

「わたしは遠慮します。清河さんの考えはわかりますが、わたしにはやらなければならぬことがある」

「山本さん、あなたの剣の腕がほしいのだ。胆力もある。そういう仲間がそばにいれば同志の士気も上がる」

大河は短く考えた。清河の仲間になる気持ちはない。あっさり断ってもよいが、清河の腹の内がよく読めない。

「清河さん、わたしは尊皇の志士でも攘夷(じょうい)の志士でもない。そんな男を仲間に入れても役に立たぬでしょう」

「山本、おぬし……」

石坂周造が膝(ひざ)を詰めた。目をぎらつかせ、鼻をふくらまし、顔に怒気を含ませた。

大河は冷めた目で見返した。石坂が言葉を重ねる。

「愚弄（ぐろう）するのか。誘いに乗り話を聞きに来たのはひやかしであったか。意気通じるものがあるから、暮れの会合に来たのではなかったのか」

「意気はわかっておる。清河さんがやろうとしていることも解しているつもりだ。だが、与（くみ）することはできぬ。清河さん」

大河は石坂から清河に顔を向けた。

「あなたの考えはわかる。意見するつもりもない。さりながらわたしがどんな男なのかわかっておられるはずだ。それともわかっていませんか？」

清河の眉（まゆ）がひくりと動いた。

「あなたは自分の道を突き進む。わたしはわたしの道を進む。ただそれだけのことです」

「この日本という国を救うために動くのだ。たとえ、草莽の士であろうと、やってできぬことはない。あなたが仲間に入れば、同志を鼓舞することができる。あなたは何をも畏（おそ）れぬ器量をお持ちだ。頼りになる男だ。だから誘っているのです」

それが清河の本心かどうかわからない。暮れの会合で熱弁を聞いて、いかに清河が口達者なのかよくわかっている。

「学はないが、力はある。だから仲間にしたいと……」

静かに見返した。「石坂」と、清河が静かに窘める。

「口が過ぎる」

石坂が片膝を立て、刀をつかんだ。大河は静かに見返した。「石坂」と、清河が静かに窘める。

「清河さん、わたしは役には立てぬが、陰ながら応援している。いまのわたしにできることは、遠くからあなたを見守ることだ。見損なったと思われるかもしれぬが、それが本音です。同志にはなれぬ」

大河は失礼すると言って、刀を引き寄せて立ち上がった。

「山本さん」

座敷を出ようとしたところで清河が声をかけてきた。大河は振り返った。

「いまにわかる。わたしのことを見ておくがよい」

清河は言葉つきを変えて、大河を凝視した。

「……そうします」

大河は短く言葉を返して清河の家を出た。

その日を境に、大河は清河と顔を合わせなくなったが、清河が「虎尾の会」を結成したという話を小耳に挟んだのは、二月も末になってからだった。

いったい何人の同志が集まり、どうやって幕府を変える運動をするのかわからなかったが、大河は自分に与えられている師範代の仕事に明け暮れるだけだった。

「なんかおかしいんです」

いつものように大河が道場での稽古を終えて帰るとき、徳次が怪訝な顔を向けてきた。

「何がおかしい。また、体の使い方がわからなくなったか？」

徳次は初目録をもらったはいいが伸び悩んでいた。

「そういうことではありません。有村次左衛門殿です」

「そういえばとんと顔を見なくなったな」

「わたしの家にはときどき来るんです。そのたんびに泊めてくれと言うんで、泊めてやりますが、この頃は仲間を連れて来ては夜遅くまでこそこそ話をしているんです」

「まさか清河さんと動いているんじゃないだろうな」

「清河さんは関わっていないようですが、水戸の脱藩者らしいんです。その顔は入れ替わり立ち替わりです」

「何の話をしているんだ？」

「さあ、それは聞いていませんし、どうもわたしには聞かせたくない話のようで…

……」

「脱藩浪人同士で食い扶持でも探しているんだろう。有村は一本気で何をやるかわからん。あまり近づかんほうがいいだろう」

「近づきたくなくても泊めてくれと言われると断りづらいんです。困っているようだし」

大河は歩きながら有村の顔を思い浮かべた。二十代そこそこの利かん気の強い面構えで、どこかに危うさを漂わせている。

一度稽古をつけたとき、人を斬ったことがあるかと聞かれたが、その後も何度か、

——人を斬るってどういう心持ちでしょう。

——刀は身を守るためのものだと言いますが、きれい事でしょう。刀は斬るためにある。そうでなければ腰に差すものではない。そうですね。

有村はそんなことも言った。そのとき大河は、危ないやつだと思った。

「徳次、やつとは付き合わぬほうがよい。どんなとばっちりを受けるかわからぬ」

「でも、泊めてくれと困った顔をされると断れないんです」

大河は黙って歩いた。

商家の垣根越しに木蓮（もくれん）や辛夷（こぶし）の花を見るようになっている。桜も開きはじめてい

た。しかし、寒さがゆるんで春めいた陽気になったかと思ったら、すぐに寒の戻りが来るといった日の繰り返しだった。

「今度、有村が来たらおれを呼びに来い。やっと話をする」

大河はそのつもりになっていた。

四

その日、正木町の家に戻った徳次は、雨戸を閉めながら暗い空を見あげた。どこからともなく流れてくる沈丁花(ちんちょうげ)の匂いがあった。

夜空には痩(や)せ細った下弦の月が浮かび、いまにも雲に呑(の)み込まれそうになっている。昨日は暖かい日だったが、今日は午後から急に寒くなっていた。暗い空を流れる雲は雨を降らしそうな気配だ。

「いつになったら暖かくなるんだ」

ぶるっと肩を揺すって雨戸を閉めると、火鉢に炭を入れて火を熾(おこ)した。実家を離れ、大河とも別の家に住むようになったが、いまの暮らしに慣れていた。

「独り身は気楽でいいや」

徳次は酒徳利を引き寄せると、鯣を火鉢であぶりながらちびちびと酒を飲んだ。

風が雨戸を揺らし、戸板がコトコトと鳴る。

明日は柏尾馬之助殿にみっちりと稽古をつけてもらおうと、勝手に思う。最近は大河が師範代として他の門弟への指導が忙しいので、徳次は馬之助の助言を求めていた。

馬之助は徳次よりひとつ年下だが、大河と互角の腕があり、早くから千葉定吉の教えを受けていたせいか、教え方がうまい。大河から教わるより、馬之助から教わったほうが徳次にはわかりやすかった。

鯣を囓り、酒をちびりちびりやりながら竹刀を持って片手で振ってみる。それにも飽きると、父・五兵衛が買ってくれた大刀を引き寄せ、鞘から抜いて刀身を眺める。

初目録をもらい、御家人株を買ってくれた五兵衛からの贈り物だった。業物ではないが徳次はいたく気に入っている。刀を見るたびに何かを斬りたくなるのは自分だけだろうかと思いもする。

試しに紙を切ったり、人気のないところで木の枝を切ったことはあるが、人を斬るというのはどういうものだろうかと思う。

ほろ酔いになった徳次は、そろそろと寝支度にかかった。借家は長屋だが、居間の六畳と奥に四畳半があった。寝間は奥の間である。

夜具を延べて横になると、急速な睡魔に襲われ、そのまま深い眠りについた。それからいかほどたった頃かわからぬが、戸口を小さくたたく音と、

「徳次殿、徳次殿」

と呼ぶ、低い声があった。

徳次は夜具を払って半身を起こし、舌打ちをした。また有村次左衛門だと思ったのだ。居留守を使ってもよかったが、徳次は目をこすりながら戸口を開けてやった。とたん表から寒風が流れ込んできた。

「夜分にすまぬ。少し体をぬくめさせてくれぬか」

訪ねてきたのは有村がときどき連れてくる大関和七郎（おおぜきわしちろう）という男だった。水戸の脱藩浪人だ。

「構いませんが、有村殿も……」

徳次が表をのぞき込むように見ると、

「有村は来ないが、もうひとりあとから仲間が来る。その人も頼みたい」

大関は寒いなかを歩いてきたらしく、手をこすり合わせる。

「ま、とにかく入ってください」

徳次は大関を居間にあげると、火鉢に火を入れ直して、五徳に鉄瓶をかけ、

「あとはおまかせしますので、茶は自分で淹れてもらえますか」

と言って、さっさと隣の寝間に引き取り夜具にもぐり込んだ。

それからどれくらいたったかわからないが、徳次は隣の部屋から聞こえる声に気づいて目を覚ました。寝返りを打って寝ようとしたが、ひそめられた声が聞こえてくる。

「稲田（いなだ）さんは参加されるのですね」

声は低いが大関の声が聞こえた。稲田と言ったから、徳次には稲田重蔵（じゅうぞう）だとわかった。有村が何度か連れて来た水戸の脱藩浪人だ。もとは農政に参与する郡吏だったらしいが、有村と気脈を通じ合わせ江戸に来たと聞いている。

五十に届こうかという男で、徳次を上目遣いに見る目が苦手だった。

「集まりが終わったら金子（かねこ）さんは、その足で佐藤（さとう）殿と京に向かわれる」

徳次は薄暗い闇のなかに目を向けたまま耳をそばだてた。いったい何の話をしているのだ。

「……その茶屋に集まる有志は何人です？」

大関の声だ。やはり声をひそめている。

「いまのところ五、六人だ。有村殿の弟は用があってこないらしいが……」

有村の弟……。それは次左衛門のことである。徳次は兄の雄助を一度紹介されていた。兄弟して薩摩から脱藩していた。

「……は、品川の相模屋に決まった。参集した者は……に備える」

「では、いよいよですね」

「日延べしてきたが、もう延ばすことはできぬ」

「しッ……」

大関が口に指を立てるのが想像できた。

「寝ているとは思いますが、もう少し声を抑えてください」

「うむ」

徳次はますます眠れなくなった。耳がそばだつのを抑えることができない。しかし、隣の間で密談をしている二人の話声はさらに低められ、切れ切れの言葉しか聞き取ることができなかった。

そして、いつしか徳次は眠り込んだらしく、翌朝起きたときには隣の間には誰もいなかった。ただし、小さな書付が置いてあった。

度々迷惑をかけたことを詫びてあり、もう世話になることはないだろうと書かれ、いつまでも達者に暮らすようにと結ばれていた。さらに、書付は風で飛ばされないように金子（一分金四枚）で重しがされていた。

「金などいらないのに……」

徳次はその金をつまんで、書付を丁寧に畳んで紙入れに挟み込んだ。そのときは深く考えもしなかったが、気になることがあった。それは三月に入ってすぐの、真夜中のことだった。

夜半過ぎに戸口に人の気配があったのだ。たまたま徳次は強い風の音で目を覚ましていたので気づいたのだが、しばらく息を殺して戸のたたかれるのを待ったが、何も起こらなかった。

だから気のせいかと思って再び寝込んだが、いつものように起きて井戸端に行こうとしたとき、戸口に小さく畳まれた書付が挟まれていた。手に取って開いてみると、有村次左衛門の書付だとわかった。

――度々のご迷惑お許しください。お声がけをして挨拶をすべきところ、深更につき遠慮いたしました。拙者は国を思うがゆえの武士、風に散る桜となりお別れいたします。

徳次ははっと目をみはった。同時に言いようのない胸騒ぎを覚えた。慌てたように戸を開けると、昨夜から降りはじめていた雪が長屋の路地に積もっていた。

「もしや……」

徳次は居間にとって返すと、急いで着衣を調え、大河の家に駆けた。

五

「雪が積もっています」

井戸端から戻ってきたおみつが、居間の火鉢にあたっている大河に告げた。

「昨夜からちらついていたからな」

「いやですわ。今日は桃の節句でお雛祭り(ひなまつ)でしょう。それなのにこんな天気なんて……」

おみつはぶつぶつ言いながら台所に立ち、味噌汁(みそしる)を温めなおしにかかった。

大河は昨夜、桶町道場の母屋(おもや)で重太郎と酒を飲んで起きるのが遅かった。

「そうだったな。今日は雛祭りか……」

つぶやく大河は自分にも娘や息子がいれば、祝いをするのだろうかと、ぼんやりとおみつの後ろ姿を眺める。少し肥えたのか、尻が丸みを帯びていた。

「山本さん、山本さん」

慌てたような声とともに戸口に飛び込んできたのは徳次だった。

「なんだ朝っぱらから……」

「なんだか変なんです」

徳次は居間の前に来て真顔を向けてくる。

「何が変だという。ま、上がれ」

徳次は一度生つばを呑み込んでから、こんな書付が残されていたのだと、大河に見せた。それは二枚あった。

「これがどうした？」

大河はさっと眺めたあとで、徳次に顔を向け直した。

「それは別れの文だと思うのです。今生の別れの……」

「なんだと……」

大河が眉宇をひそめると、徳次は先日、有村次左衛門の同志だという稲田重蔵と大関和七郎がやって来て密談をしていたことを話した。

「密談を……」

大河は徳次の顔を見る。

「わたしに聞かれまいと気を使って話していたんです。だけど、わたしの家は狭い長屋です。声を落としても聞こえてきます。もちろんすべてを聞いたわけではありませんが、何やら企みがあるような、そんなふうに聞こえたんです」

「どんな話を聞いたんだ?」

「すべてを聞き取れたわけではありませんが……」

徳次はそう前置きして、先日の夜、稲田と大関が話していたことを大まかに口にした。

「日延べしていたがもう延ばせないと……」

「そんなことを言っていました」

大河はもう一度書付に視線を落とした。それは有村次左衛門の書いたものだった。

――……風に散る桜となりお別れいたします。

「これは決別の言葉だろう」

「わたしもそう思ったのです。だから山本さんに知らせるべきだと思い走ってきたんです。有村殿は薩摩の脱藩浪士ですが、他の人は水戸の脱藩浪士です」

「どこかの茶屋に集まり、そして品川の相模屋という店にも集まったと……」

「そんなことを話していました。有志だと言っていたので、ひとり二人ではなかったはずです」

大河は湯呑みをつかんで茶を飲んだ。どこか遠くを見るような目をして、短く考えた。そのとき、昨夜重太郎から聞いた話を思い出した。

――明日は上巳の節句で諸国大名家の総登城日だ。道場に来る門弟も少なかろう。

気にも留めない言葉だったが、大河の心がざわついた。

水戸家の家臣には井伊大老暗殺を口にする者が少なくない。そのことを折にふれ聞いていたが、現実にできることではないと考えていたし、不穏な動きもなかった。

しかし、それは自分が知らないだけで、実際に行われるのかもしれない。今日は諸国大名の総登城日だ。すると、大老であり近江彦根藩主の井伊直弼も登城のはずだ。

（もしや……）

大河はさっと徳次に視線を戻した。

「彦根藩の江戸屋敷はどこだ？」

「……外桜田のはずです」

大河は外桜田のあたりの地図を脳裏に浮かべた。大名屋敷の多い地で、桜田堀を挟んでお城がある。

「もしや、有村らは水戸浪士らと組んで井伊大老を襲うのかもしれぬ」

「でも、そんなことは……」

「できるかできぬかわからぬが、決死の覚悟なら……」

言葉を切った大河は、もう一度二枚の書付に視線を落とした。有村の書付も、稲田と大関の書付も別れの文と解釈できる。

「おみつ、飯は後まわしだ。出かけてくる」

大河はすっくと立ち上がると、急いで着替えにかかり大小を手にした。

「どこへ行くのです？」

「彦根藩の上屋敷の様子を見に行くだけだ」

「わたしも行きます」

徳次がついていくと言う。大河は止めなかったが、戸口を開けたところで地面に積もった雪を見て、

「おみつ、草鞋（わらじ）を出してくれ。徳次、おまえも履き替えろ」

大河と徳次は急いで草鞋を履き、そのまま家を出た。雪はちらつくほどでさほど降っていなかったが、道は白く覆われていた。

町屋の商家は暖簾をあげ、大戸を開けてはいたが、あいにくの天気でいつもより活気がない。道行く人の数も少なかった。

大河は厠に立ったときに五つ（午前八時）の鐘を聞いたので、間もなく五つ半（午前九時）になるかならないかだろう。

「徳次、大名の登城は何刻だ？」

「え、そんなことは……」

徳次はわかりませんと首をかしげる。吐く息が白くなっていた。大河はときどき、両手に息を吹きかけた。

鍛冶橋をわたり大名小路に入ったとき、大名行列を目にした。表門が開き、大勢の侍が出てくる姿もあった。

それは、日比谷御門を抜けてしばらく行ったところだった。

悲鳴とも叫びとも取れる声が聞こえてきたと思うと、血刀を杖代わりにして歩いてくる侍がいた。

大河と徳次は同時に立ち止まった。

六

外桜田御門前には騒いでいる人だかりがあった。近くの大名家から飛び出してくる侍の姿も大勢あり、大きな騒ぎになっていた。

「まさか、まさか」

立ち止まっていた大河は我知らず心の臓が早鐘を打っているのを意識した。

そのまま足を進めていくと、雪道に倒れている者が何人もいる。血を流してうめいている者、うつ伏せになって動かない者、そして助け起こされてしっかりしろと言われている者。白い雪道には血で赤く染められている場所がいくつもあった。

駕籠（かご）が横倒しになっており、その近くには首のない死体があった。背や頭を斬られて倒れている侍は刀を抜こうとしたのか、柄袋（つかぶくろ）に手をかけたまま息絶えていた。

いろんな声が飛び交っていた。怒鳴るようなわめき声に女の悲鳴も混じっていた。

大河は知らない侍に手を貸せと言われたり、きさまはどこの者だと人を射殺すような目つきで問われたりもした。

そんな騒ぎのなか狼狽（ろうばい）し、右往左往している者もいた。

「掃部頭様だ。井伊掃部頭様が襲われたのだ！」

「井伊大老が首を取られている」

「彦根藩邸へ走れ！」

「知らせは行っています」

そこは混乱状態にあり、いろんな声が交錯していた。

大河は呆然（ぼうぜん）としている徳次を見て問うた。

「知っている者がいるか？」

徳次は首を横に振る。

「有村はいないか？　おまえの家に泊まりに来た者はいないか？　探せ探すんだ」

大河は叱咤（しった）するように声を張ったが、そのとき、「水戸の浪士だ。水戸の浪士に襲われたのだ」という声が聞こえてきた。

足許（あしもと）の地面に血まみれの武鑑が落ちていた。地に伏している多くの者は井伊家の家来がほとんどで、水戸浪士の死体は少ない。

「追え、追うんだ！」

そんな声にはじかれたように刀を抜いて駆ける者がいた。

「山本さん、ここにいたら疑われかねません。水戸家の者と間違われたら捕まります」

徳次が怯え顔を向けてきた。

そのとき捕り方と思われる一団が槍を持ってあらわれた。大河はそれを見てその場を離れることにした。

「大変なことが起きたのだ。徳次、井伊大老が殺されたのだ」

「そのようですね」

徳次が震え声で応じた。

日比谷御門を抜け八代洲河岸へ来たとき、

「向こうだ。向こうへ行ったそうだ」

と、騒ぐ声があった。近くにある大名家の辻番役人だった。

「何か抱いていたが、あれは首だ。そうに違いない」

「どっちだどっちへ行った？」

ひとりの侍が辻番に聞いていた。その侍が一方へ駆け去ると、大河はあとを追うように歩いた。

「山本さん、危ないですよ。水戸の浪士だと間違われたらどうします」

徳次が怯え顔で立ち止まった。大河は振り返って、

「おまえは帰れ。おれは見に行く」

と、強く言葉を返した。

「やめたほうがよいと思います」

「黙れッ。おれはたしかめに行く」

「で、でも……」

「徳次、きさまは帰れ。おれはひとりで行く」

大河はそのまま足を速めた。なぜかわからないが心が滾っていた。ひとりの男が井伊大老の首級を持って逃げているようだ。それがもし有村だったらと思うと、じっとしておれなかった。

堀沿いの道を足早に歩くうちに、血だらけの侍を見たとか、向こうへ行ったという話をしている大名家の家来たちがいた。河岸道を注意して見ると、血痕がつづいていた。

大河は妙に高ぶる気持ちを抑えながら歩きつづけた。雪はやんでいた。空を覆っていた鉛色の雲は薄れ、薄日が差しはじめていた。

それは辰ノ口の橋をわたってすぐのところだった。近江三上藩遠藤家の前だった。

ひとりの男が地面に横たわっていた。首筋を真っ赤に染め、顔も血まみれになっていた。

大河はその顔をはっきりと見た。一瞬目が合ったような気がした。

(有村……)

大河は胸中でつぶやき、その場に立ち尽くした。

「運べ、もういかぬ、運ぶのだ」

有村を介抱していた侍が、他の仲間に指図しちらりと大河を見て、怪訝(けげん)そうな顔をしたが、ただそれだけのことだった。有村は四、五人の男たちに抱きかかえられて、遠藤家の屋敷内に消えた。

大河が呆然と見送っていると、辻番の役人に声をかけられた。

「まさかお知り合いではないでしょうね」

役人はびくびくした顔で聞いてきた。

「いや、知らぬ者だ」

大河はそう答えて、

「いったい何があったのだ?」

と、役人の顔を見た。

「よくはわかりませんが、血だらけの侍が突然そこで倒れたんです。人の首を持っていまして、元悪の首だとつぶやいたのでびっくりしました。あの侍は脇差（わきざし）を地面に立てて自害しようとしたんですが、気を失いかけていたようで思いを果たせず倒れ込みました。ひどい怪我です。もう助からないでしょう」

役人は同情する顔で、遠藤家の屋敷に視線を向けた。大河もそちらに目をやった。

雲の割れ目から一筋の光が差したのはそのときだった。

七

外桜田での騒擾（そうじょう）事件を幕府は公にはしなかったが、時を置くことなく江戸市民にかぎらず諸国の知ることになった。

井伊大老の行列を襲ったのは、有村次左衛門を含め十八人の浪士だった。薩摩藩脱藩浪士は有村のみで、あとは水戸藩の脱藩者だった。

井伊家の死傷者は八人と判明していたが、襲撃した浪士らは闘死した五人を除く十三人が逃亡あるいは自訴して捕縛されたという。

大河はその後のことを詳しくは知らなかったが、ときどき有村が井伊大老の首を持ってどこへ行くつもりだったのだろうかと考えることがあった。

有村は薩摩の脱藩浪人だった。もし、幸橋御門内にある薩摩藩邸に逃げるなら、辰ノ口まで行く必要はなかった。そのことを考えると、やはり水戸藩邸に向かおうとしていたのだろうと考えるしかなかった。

しかし、近江三上藩辻番所前で泥濘む雪道に、血だらけの顔をつけて胡乱な目をしていた有村のことがしばらく脳裏を離れなかった。

(馬鹿なことを……)

大河は胸中で吐き捨てるが、有村といっしょに井伊大老の命を狙った者たちの心中を推し量れば、

(無駄死にでもなく、無駄な凶変でもなかったのではないか)

と、思いもする。

かといって大河は尊皇攘夷の志士に列しようという考えはない。ただ、自分に教えを請い、必死に剣術の腕を上げようとしていた有村のことが忘れられないだけなのだ。

(やつは井伊大老の首を取るために腕を磨いていたのか……)

そう考えもするが、討ち死にはしたくなかったはずだと思う。

同じ月の十八日に、元号が代わり万延元年となった。

昨年十月に江戸城本丸御殿が焼失したというのが改元理由であったが、庶民の誰もがそのことを信じなかった。

「大老が殺されたからだ」

というのが、一般論だった。

されど、元号が変わろうとも、大河の日常に変化はなかった。

隻眼になった師範の重太郎の右腕として門弟らの指導にあたる毎日だ。

桜の花が散ったかと思えばすぐに長い梅雨が訪れ、夏がやって来た。それでも大河の身の上に変わったことはなかった。

毎日道場に通い、そして正木町の家に帰るだけだ。おみつとは祝言も挙げていないが、いまや誰もが公認する夫婦になっていた。

「おまえの酌を受けて酒を飲むのが唯一の楽しみになった。まさかこうなるとは思わなかったが……」

蟬の声かしましい夕暮れだった。

縁側に吊した風鈴が涼やかな音を立てていた。

「それはわたしも同じです」

そばに座っているおみつが団扇で大河に風を送りながら言う。

「あなたはいまに満足されていますか？」

おみつは、いつしか「あなた」と呼ぶようになっている。

「うむ、ほどほどに満足だ」

「ほどほどだって、いやな言い方だわ」

おみつは拗ねたように唇をとがらして、言葉を足す。

「でも、わたしわかっているの。ほどほどの意味が……」

大河はぐい呑みを口の前で止めておみつを眺める。

「あなたは日本一の剣術家になりたい。でも、いま自分より強い相手を見つけられないでいる。だから、ほどほどなのね」

ほぼ図星である。大河は苦笑を浮かべて酒に口をつけた。

「相手が見つからないのは、もうあなたに勝てる人がいないからじゃないかしら。試合をしても負けるとわかっている人に挑みはしないでしょう」

よくしゃべる女だ。だが、大河はいやではなかった。

「どうして大河という名前になったのかしら？　お父上がつけてくださったのですよね」

「話していなかったか……」

「聞いていませんよ」

大河は胡瓜の浅漬けをつまんでから話した。

「おれは川越城下に近い寺尾という村に生まれた。そのことは話したと思うが、村には新河岸川という川が流れている。いずれ隅田川に合する川だ」

「その話は前に聞きました」

「そうであったか。ま、よい。ある日、その新河岸川に死んだ親父に連れて行かれ、なぜ大河という名をつけたかを教えられたことがある」

おみつは真剣な顔を向けてくる。

「川はいずれ隅田川に合わさり、さらに下っていけば大きな川の流れになる。その先には途方もなく大きな海に出る。親父はその大海に注ぐ、大きな川のような男になってほしいという思いで、大河と名づけたと言った」

「とてもいい名前です。初めて聞いたときもそう思いましたもの」

「そう思ってくれるか」

「はい」

おみつは元気な声で言ってにっこり微笑んだ。

そのとき、戸口に徳次の声があった。入れと応じ返すと、勝手知ったる他人の家ですぐにやって来た。

「なんだ、もう晩酌ですか。早いですね」

「いつもこんなもんだ。何かあったか？」

「ええ、道場から帰るときに島田魁という人に会ったんです」

「島田、魁……」

大河にはぴんと来なかった。

「なんでも試衛館に世話になっているらしいのですが、山本さんのことを知り、顔を見に来たと言っていました。留守を告げますと、自分は名古屋で名をなした剣客であるが、なかなか骨のある剣術家に会えず退屈をしている。ところが山本大河という男がかなりの腕前だと聞き、一度手合わせをしたいと思っている。と、さように申され、どうしたら会えるかと聞かれましたので、山本さんでしたら毎日道場に見えますと答えました」

「それで、その島田某はなんと言った？」

「明日にでも出直すと言われました」

ふむとうなずいた大河は、面白いことになるかもしれないと思った。島田魁という名は知らないが、名古屋で名をなした剣客であれば、かなりの練達者でなければならない。

八

島田魁という剣客がやってくるのを楽しみにしていた大河だったが、なぜか二日たっても三日たっても姿をあらわすことはなかった。

「徳次、とんと来ないが、ほんとうに島田という男は来たのか？」

稽古(けいこ)を終えたあとで、大河は徳次に声をかけた。

「はい、名乗ってから翌日にまた来ると言ったんですけどね」

徳次は首をかしげて、ひやかしだったのかなとつぶやいた。

「ま、いいだろう」

大河は帰り支度をはじめた。島田か、魁か知らないが、期待しないことにした。

井伊大老襲撃事件は市中の話題のひとつになっていた。誰が新しい大老職に就くのだとか、幼い将軍を補佐するのは老中だろうが、その老中には能があるのだろうかと、噂好きの江戸雀たちは話していたが、日がたつごとに口先にのぼらなくなった。

大河にとって外桜田門での事件は衝撃だったが、江戸の庶民と同じく記憶を薄れさせていた。

家に帰ると、おみつが近所で聞いてきた話をするが、それも浅草寺にまるで生きているような人形が飾られて賑わっているとか、横浜に異国用の港が開かれて以来、周辺に旅籠や商家がどんどん進出して、大きな町ができているなどといったことだった。

「赤い顔をした異人がたくさん歩いているそうで、それを見たさに江戸から横浜に行く人が絶えないらしいのです」

おみつは大河の着替えを手伝いながら、そんな話をとめどなくする。

「いろいろと変わっていくのでしょうね」

「いいほうに変わればよいが、これぱかりはわからぬことだ」

たしかに世の中は少しずつ変わっていくのだろうが、大河の暮らしには大した変化はなかった。

毎朝決まったような時刻に起き、道場へ行って重太郎の代わりに代稽古を務め、そして自己鍛錬をして汗を流し、正木町の家に帰ってくる。その繰り返しだった。

大河と手合わせをしたいと言った島田魁という男もとんと姿を見せなかった。

しかし、四月半ばになって試衛館の嶋崎勇から招きがあった。是非にも会って話したいことがあるし、会わせたい者もいるという。

大河は嶋崎勇に何とも表現しようのない魅力を感じている。剣の腕はおそらく自分より劣っていると思うが、百姓の出ながらその辺の武士にない風格を感じるのだ。

(不思議な人だ)

そういう男だから、試衛館には食客が多いのだろうと考えていた。食客とは居候しながらただ飯を食うだけでなく、風呂を焚いたり薪割りをしたりして居座ることである。そんな食客のなかには、他流の道場出身者もいると耳にしていた。

(試衛館に行けば面白い剣客と立ち合えるかもしれない)

大河は常々そんな思いを抱いていたが、道場仕事があるのでなかなか訪ねる機会がなかった。しかし、招かれたとなれば話は違う。都合をつけて早速訪ねることにした。

その日は昼まで道場での代稽古をし、午後からの代稽古を柏尾馬之助にまかせて試衛館に向かった。

薄曇りの空には鳶が舞い、のどかに歌っていた。商家の垣根越しに紫陽花が見え、お城を囲む内堀の土手には可憐な露草が咲いていた。

試衛館が近づくと威勢のいい気合いや、竹刀の打ち合わさる音が聞こえてきた。そういう音や声を聞くと、大河の気持ちは我知らず高揚する。それが他の道場であればあるほど気持ちが高ぶる。

道場の玄関に入ると、近くで型稽古をしていた沖田総司が大河に気づいた。

「これは山本さん、先生がお待ちになっています」

顔に汗を張りつかせたまま、案内しますと言う。

道場に大河の知っている顔はなかった。

「先生は先だって祝儀を挙げられ、名前を変えられました」

母屋に向かいながら沖田が話しかけてくる。

「ほうそれは目出度いことだ。なんと変えられたのだ？」

「嶋崎姓をあらため宗家の近藤を名乗られるようになりました。宗家をお継ぎにもなったのです」

「それはますます目出度いな。それで妻女は？」

「清水徳川家のご家来・松井八十五郎様のご息女です」

「清水徳川家といえば御三卿ではないか」

「さようです」

百姓の出で御三卿の家来の娘を嫁にするというのは、ある種の出世である。それに天然理心流の宗家を継いだというから、盆と正月がいっしょに来たようなものだ。

座敷に案内されると、茶を飲んでいた嶋崎勇改め近藤勇が破顔して、

「山本さん、お待ちしていました」

さあ、そこへと近くを促した。

「嶋……あ、近藤さん、いま沖田君から話を伺いました。宗家を継がれ、名前を変え、さらには妻女を娶られたらしいではないですか。教えてもらっていれば手ぶらでは来なかったのですが……」

「いやいや気にすることはない。いつでも気軽に遊びに来てください」

「それにしてもお目出度つづきで何よりではありませんか」

近藤は柄にもなく少し照れ、

「しかし、驚きましたな井伊大老の一件には」

と、言葉をついだ。

「たしかに驚きました。大老の命を狙っている者がいるというのは小耳に挟んではいましたが、まさかほんとうにあのようなことが起こるとは思いもいたさぬことでした」

大河はその事件現場に駆けつけたことは話さなかった。もうあの一件は忘れたいのだ。

「わたしはあの件を聞いたとき、もしや清河さんが動いたのではないかと思いました。ところがそうではなかった。水戸の浪士たちでした。まったく驚くしかありません」

「近藤さんは清河さんとお会いになっているのですか？」

「近頃は沙汰（さた）なしですが、何度かあの人の塾に行ったことはあります」

「では、『虎尾の会』に誘われませんでしたか？」

「誘われましたが、丁重に断りました。あの人は学才がおありだ。わたしの頭ではついていけない。もしや、山本さんも」

近藤がまっすぐ見てくる。

「はい。近藤さんと同じでわたしも断りました」

近藤はそうでしたかと言って頰をゆるめた。一見強面のいかつい顔がゆるむと、何となく親しみを感じさせる。

「今日は他でもない、会わせたい男がいるのです。それも二人ほど」

近藤はそう言ってから、隅に控えていた沖田に呼んできてくれと命じた。

それから短い雑談をしていると、座敷口に二人の男があらわれた。二人とも大河を鋭い眼光でにらむように見て腰をおろした。

「話をしていた山本大河殿だ」

近藤が大河を紹介すると、

「島田魁と申します」

と、体の大きな男が名乗った。ほう、この男がそうであったかと大河はあらためて見た。

「永倉新八と申します」

こちらは少し若い男で中肉中背だった。

「この二人、どうしても山本さんと立ち合ってみたいと申します。いかがでしょうか？」

近藤が口の端に楽しげな笑みを浮かべて聞く。

大河は島田と永倉を眺めた。二人とも自信に満ちた顔をしている。

「近藤さんに言われては、断る術はありません」

第五章　暗殺者

一

「島田さんは一度桶町道場にいらしたのでしたね」

大河が島田魁に顔を向けた。

「ああ、あの翌日に訪ねて行く予定だったのだが、ちょいと風邪をこじらせちまい足が遠のいてしまった。門弟に言付けをしたが悪いことをした」

「いえ、気にはしておりませんよ」

大河は口の端に笑みを浮かべた。

その様子を永倉新八は観察するような目で見ていた。

（この男、近藤さんから聞いたように油断ならぬな）

永倉は山本大河の噂を聞いて以来、どんな男だろうかと今日の日を楽しみにしていた。沖田も土方も勝てなかったらしいが、おれの相手ではないという自負があった。

「島田さんは名古屋ではかなりの剣客らしいですな」

大河は余裕の体で島田に話しかける。

「名古屋城での御前試合で勝っただけです。されど、世の中にはわたしの知らぬ強い剣術家がいると聞き腕が疼きましてな。それで江戸に出てきたのです」

「それでこちらの道場に……」

「近藤さんの世話になる前は坪内道場で修行をしていました」

「坪内道場……」

大河は知らないようだ。少し小首をかしげて、永倉に顔を向けた。

「わたしはその道場で師範代をやっているんです」

永倉が答えると、

「ほう、そなたが。わたしより若いように見えますが……」

こやつおれを見下しているのかと、永倉は腹のなかで毒づいた。言葉つきや態度は悪くないが、何とも言えぬふてぶてしさがある。

「二十二です。おそらく山本さんより年下でしょうが……」

剣の腕は年には関係ないと言いたかったが、喉元で抑えた。

「坪内道場の流派はなんです？」

大河は口許に湯呑みを持っていきながら問う。

「心形刀流です」

「すると道場主の坪内さんは、伊庭軍兵衛さんのお弟子さんですか」

大河は宗家を知っているらしい。

「まあそうです。坪内先生は伊庭先生に劣らぬ実力をお持ちなので独り立ちされたのです」

永倉は自分の師匠を見下されたくないので説明してやった。

「わたしはその道場で永倉と知りおうたのです」

島田が言葉を添えた。

「ほう、すると島田さんは永倉殿の弟子ということでしょうか」

大河は意外だという顔で目をしばたたいた。

「島田さんは道場の門下ですが、わたしの弟子ではありません。力がおありですから」

永倉は無性に腹が立ってきた。山本大河に小馬鹿にされているような気がするのだ。

「永倉はそう言いますが、いろいろ見習うところがあるんです」

島田が弁解するようなことを言った。永倉は余計なことだと腹の内で毒づき、ちらりと島田をにらんだ。

「道場の師範代でありながら、なぜ近藤さんのこの道場に……。遊びに見えているんですか？」

「まあ半分は遊びかもしれませんが、半分は修行です。そうは言っても、いまは居ついているようなものです」

島田は苦笑いをする。

「近藤さん、世間話はほどほどにして、山本さんと手合わせ願いたいのですが」

永倉が口を挟むと、近藤はいいだろうと言って腰を上げた。

道場に移ると、稽古に汗を流していた門弟らが畏まって壁際に行って腰をおろした。さっきまでいなかった土方歳三の顔があり、永倉に視線を送ってきた。

もう一度山本大河と勝負したいと言っていたから、この日を待っていたのかもしれない。永倉は土方に小さくうなずき返した。意思は通じたはずだ。

「勝負は何番にする？」

見所に座った近藤が聞いてきた。

「一番で十分でしょう。真剣での戦いは斬るか斬られるか。二番三番戦うことはできませんから」

永倉が応じると、近藤はわかったとうなずき、

「山本さん、そういうことですが、いかがでしょう？」

と、大河に聞いた。

「構いません」

大河はさらりと応じた。こやつずいぶん余裕だなと、永倉は横目で大河を一瞥して支度にかかった。

「誰から先にやる？」

近藤が島田と永倉を見て聞いた。

「わたしからやりますか……」

永倉が答える前に島田が面を被って籠手をつけた。永倉は後手にまわったが、まあいいだろう、山本大河がどんな技を使うか見るのは一興だと思い、じっくり見学することにした。

支度の終わった島田が先に立ち、遅れて大河が道場中央に進み出た。島田は大柄だが、大河も同じような体格だ。

二人は互いに中段の構えで、しばらく相手の出方を待つように動かなかった。島田が気合いを発すると、大河が道場にこだまするような気合いを返した。

島田が先に詰めて行く。大河は動かず、中段に構えた竹刀を横に寝かせるように脇に移した。

島田がトンと床を蹴(け)って気合いもろとも突きを送り込んだが、大河は右足を軸にして体をひねってかわした。島田がつづけざまに打ち込んでいく。

面、胴、小手から、面、面、面……。

だが、島田の竹刀は大河の体をかすりもしない。面のなかにある島田の形相が変わっていた。

（できるな）

見学にまわっている永倉は、大河の動きを見て思った。だが、まだ攻撃を見ていない。どんな手を使うのだと、大河の動きを凝視する。

島田と大河は間合い二間に離れて、再び向かい合った。

「きえーッ！」

島田が雄叫び（おたけび）のような気合いを発した。大河は無言のまま間合いを詰める。摺り（すり）足を使っての動きだが、どっしりした構えで腰の高さも肩の位置も変わらない。それに力感がない。じつにゆったりした構えで無駄がない。

（こりゃあ島田さんの相手ではないな）

永倉がそう思ったとき、大河の剣が電光石火の勢いで動いた。その直後、島田の面がビシッと音を立てた。

永倉ははっとなって目をみはった。大河の竹刀の動きが見えなかった。

（どうやって打ったのだ？）

そう思った瞬間、島田の大きな体がよろけた。もつれたように足が動き、必死に踏ん張って立っているのがわかった。

「それまで」

見所にいる近藤が、大河の勝ちを認めた。

二

「速い。竹刀の動きがわからなかった」

永倉の隣に腰をおろした島田がぼやくようにつぶやき、

「強いぞ。噂どおりだ」

と、忠告した。

「なに、勝ちは譲りませんよ」

永倉は面を被りながら言葉を返し、籠手をつけて立ち上がった。はっと短く息を吐き、臍下に力を入れた。

「やりますな」

永倉は作法どおり礼をし、蹲踞の姿勢から立ち上がった。互いに中段に構え、自分の間合いに下がった。面のなかにある大河の目をにらむ。座敷では見せなかった野禽のような鋭い目がにらみ返してくる。

その視線からそらしてはならないと思い、前に出ようとしたとき、

「かあーッ！」

大河が鼓膜をつんざくような鋭い気合いを発した。

永倉は気圧された。まさかと思った。それに大河の体がひとまわり大きく見える。

（どういうことだ）

永倉は前に出られなくなった。気合いも応じ返せない。それに大河の体全体に漂

う威圧感は尋常ではない。師匠の坪内主馬にも感じたことのない威迫がある。これまで対戦してきたどんな相手にも覚えたことのない畏怖さえ感じる。

（まさか……落ち着け）

永倉は我知らず生唾を呑み込み前に出ようとした。だが、足が動かない。出た瞬間に大河の竹刀が飛んできそうな恐怖を感じる。

右へまわって隙を窺う。大河は永倉の動きに合わせて動くが、隙を見出せない。攻めなければ勝ちはない。攻撃が何よりの防御になるのは痛いほど知っている。だが、攻め手がない。

大河が摺り足で詰めてきた。永倉も詰めようとするが、足が動かない。竹刀をやわらかく握り直し、気取られないように息を吸って吐く。

大河の竹刀が近づいてくる。その体が黒い巨岩のように見える。永倉は物の怪の呪縛にかかったように立ち止まった。いや、逃げるように下がった。

大河は静かににじり寄ってくる。永倉は恐怖した。勝てない。この男には勝てないと心中でつぶやいた。

つぎの瞬間、永倉は大きく下がって竹刀を足許に落とした。道場に驚きの声がさざ波のように広がった。

「まいりました」

永倉は深く腰を折って負けを認めた。見学していた門弟たちがどういうことだと、互いの顔を見合わせ、そして永倉と大河に視線を戻した。

「恐れ入りました」

永倉はもう一度頭を下げて、落とした竹刀を拾い上げた。

「戦わずして負けを認めるとは……」

見所にいる近藤があきれたような声を漏らし、言葉をついだ。

「すなわち、山本さんの力を見抜いたからであろうが、斯様なことがあるとはな」

「いえ、わたしも隙を見出せず、打ち込めないでいたのです。永倉さんは居合いの心得がおありでしょう」

永倉は驚いたように面を外した大河を見た。

「居合いの技は使われなかったが、わたしにはわかりました。不用意に近づけば突き小手が飛んできそうでした」

「だが、わたしは手を出せなかった」

永倉は最前の怒りに似た腹立ちを忘れて、山本大河の力に敬服していた。

「だらしない。敵を前にして逃げたも同然ではないか」

声を発したのは土方歳三だった。

「山本さん、昨年は負けてしまったが、いまのわたしは違う。もう一度立ち合ってもらいたい。受けてもらえませんか」

「お望みとあらば」

大河は余裕の体で返答した。

「土方、胸を借りるつもりでやれ」

近藤が言うのへ、土方は言葉を返した。

「弱腰で立ち合いなどできない」

永倉は土方を見て苦笑を浮かべた。土方の腕は上がっているが、大河の相手ではない。おのれを知らぬ愚か者めと土方を眺めた。

土方は大河と向かい合うなり奇声に似た気合いを発した。

「りゃあー！」

大河も気合いを返し、すっと前に出て、中段に構えた剣尖(けんせん)を揺らした。あれが「鶺鴒(せきれい)の構え」かと、永倉は大河の動きに注視する。

土方が打ちに行った。床板を強く蹴(け)っての突きだったが、さらりとかわされる。

土方は攻撃の手をゆるめず、突きから面を打ちに行き、下がりながら小手を狙って竹刀を繰り出す。その度に擦りかわされるか、体をひねってかわされる。

「うぬ、うぬ、うぬ……」

早くも土方の肩が上下しはじめた。大河はずっと背筋を伸ばしている。立ち姿が美しい。防御だけだった大河が動いた。小手から面への鋭い打突だった。

しかし、

（手加減している）

と、永倉は見破った。

土方はうまくかわしたと思っているようだが、大河に玩ばれているに過ぎない。その土方は図に乗ったか、激しく打ちかかっていった。

面、面、面、面、胴、小手、突き……。

竹刀を繰り出すたびに叫声を発するが、大河は竹刀も体もかすらせもしない。うまく足を捌いてかわすだけだ。しかも、腰の位置が毫も上下しない。

その動きは足腰の強さだけではなく、目がいいのだとわかる。

（山本大河、恐るべし）

永倉が感心していると、土方が業を煮やしたように言葉を漏らした。

「逃げてばかりじゃねえか。打ってこいッ！」

そう言うなり、また打ちかかっていった。だが、竹刀は空を切るだけだった。

(音無しの剣)

永倉は目をみはった。

中西(なかにし)派一刀流中西道場の三羽烏のひとりに数えられた高柳又四郎(たかやなぎまたしろう)のことは、永倉も聞き知っている。その高柳の技を大河が使ったのだ。

「さあーッ!」

大河が気合いを入れ直して前に出ていった。すすっと、滑らかな動きだ。

(打たれるぞ)

永倉が心中でつぶやいた瞬間、大河の竹刀が峻烈(しゅんれつ)な勢いで動いた。それは限りなく直線的で、弧を描くことなく、土方の脳天を打っていた。

ビシッ!

打たれた土方の面から汗の飛沫(しぶき)が散った。土方はよろけて下がり、片膝(かたひざ)をついた。

「ご満足であろうか」

大河はゆっくり下がり一礼し、壁際に戻って籠手(こて)を外し面を脱いだ。

「土方、まだまだだな」

近藤が土方に声をかけて大河を見た。

「山本さん、また遊びに来てください。もしよければ、ここにいる者たちに稽古をつけてもらいたいが、いかがでしょう」

「体が空いたときにでも遊びにまいります。稽古をつけるのはやぶさかではありません」

「楽しみにしています」

「山本さん、おれにも稽古をつけてください」

負けた土方が身を乗り出して言った。

「喜んで」

三

大河の日々に変化はなかったが、暇を見て試衛館に通うのはひとつの楽しみになった。

近藤勇は度量の大きな人物で門弟をうまく束ねていた。剣術家としての腕はさほどでないと大河は見たが、それでも近藤の人柄なのか、流派の違う道場から遊びに来て食客になる者が少なくない。

永倉新八や島田魁もそうであるし、武者修行に出たまま近藤と行動をともにし、ついには試衛館の門人になっている山南敬助もそうであった。

しかし、大河は試衛館との交流を深めはするが、自分の居場所はあくまでも桶町千葉道場であるから、気持ちに揺れはなかった。

師範代を務めながら自己鍛錬に励み、新たな技の研究にいそしむ日々である。日々の暮らしに不満もなければ困ることもない。ただ物足りなさはあった。自分より強い相手を見つけられないのだ。

少なくとも互角に立ち合える者がいれば、是非にも立ち合ってみたいのだが、名のある剣術家はいずれも高齢になっている。士学館にも有能な剣士がいると聞きはしたが、よくよく聞いてみれば自分の相手ではないというのがわかった。

「いまは剣術より攘夷だ尊皇だという人が多いですからね」

徳次は呑気顔でそんなことを言うが、たしかに通ってくる門弟や、大名家の家臣も以前より数が少なくなっていた。

「京は荒れていると言います。辻斬りや無礼打ちが横行しているらしいのです。そういうことですから、腕に自信のある剣客が用心棒代わりに雇われているとも言います」

「おまえはそんな話をどこで聞いてくるのだ？」

「うちの店です。訪ねて来る客がいろいろ話をしていくんです。まあどこからどこまでほんとうのことかわかりませんが……」

徳次は御家人株を取得し、いまや武士身分になっているが、いまだに親の臑をかじっての暮らしをつづけている。そんな按配なので、ときどき実家に戻って店の手伝いをしていた。

この頃、大河が力を入れていたのは居合いであった。

座位（座業）からの抜き打ち。そして、立位（立業）から抜き打ちのふたつだ。

座位は、座ったままの姿勢で殺気を感じるや、相手の動くのを見定め、一瞬にして相手のこめかみや喉に切っ先を突きつける。

立位は向かい合った相手が刀を抜く一瞬を見逃さず、体を寄せて柄頭で制したり、抜き様の一刀で相手の小手を押さえたりする。

これは呼吸と心の平静が重要で、抜き打ちや受け流す技も錬磨しなければならない。大河は居合いの面白みを知ると、いろんな動きを取り入れ、抜きざまの突き、まわりながらの抜き打ちなどを体得していった。

稽古相手は徳次では不足なので、決まって柏尾馬之助を指名した。ときにお玉ヶ池の玄武館に足を運ぶと、真田範之助を相手に技に磨きをかけていった。

水戸家の前藩主・徳川斉昭が逝去したのはそんな頃であった。玄武館は水戸家の覚えがめでたいし、北辰一刀流の開祖である故・千葉周作もその子の栄次郎や故・奇蘇太郎、道三郎も召し抱えられている。

玄武館がしばらく喪に服せば、桶町千葉道場もそれに倣った。

その間、大河は試衛館に遊びに行ったり、おみつと縁日に出かけたりして、平凡な毎日を送った。

暑い夏が過ぎ、九月に入ってすぐ、暗殺された井伊大老に諫言したことで謹慎されていた徳川慶喜、同慶勝、松平慶永（春嶽）、山内容堂らの謹慎が解けた。これは討幕派にとっての吉報だったが、幕府を井伊直弼に代わって実権を掌握した老中の安藤信正は、久世広周と手を組んで、朝廷と幕府の関係を深める公武合体運動を開始した。

それは井伊直弼の強硬路線を変更した穏健政策であった。そのもっとも顕著な動きが、孝明天皇の異母妹である和宮を徳川将軍家へ降嫁させようという動きだった。

しかし、そのようなことは庶民の耳には入ってこない。いわんや大河然りである。

その大河の近くで変化があったとすれば、重太郎が鳥取藩に正式に召し抱えられたことだろうか。役儀は剣術指南役で、重太郎は銀三枚をいただいた。

（おれはどうなるのだ？）

大河は重太郎の仕官を素直に喜べなかった。ますます道場に縛られるのではないかと危惧した。もともと大河は自由人である。仕官も望んでいなければ、尊皇攘夷の志士になるつもりもない。

あくまでも剣の道を究め、日本一の剣士として名を売りたいだけである。ところが知らず知らずのうちに、世話になっている桶町千葉道場に縛られている。

（道場をやめるか）

そんなことも考えた。道場をやめれば生活の糧をなくすが、どうにかなるだろうという楽観もあった。それが自分に向いているというのもわかっている。

しかし、反対する者がいた。

「重太郎先生は出世なさったからといって道場を閉めたり、育てていらしたご門弟をあっさり放り出したりはされないでしょう」

そう言うのはおみつだった。

「まあ、そんなことはないだろう」

「だったらあなたがやめることはないでしょう。それに、長年お世話になった道場には恩義があるのではありませんか。少し様子を見ることも大事だと思います」

まさかおみつがそんなことを言うとは思わなかったので、大河は何も言い返さずにおみつを見返した。

「わたしは重太郎先生が仕官されたから、あなたがやめるというのは浅慮だと思います」

「ほう」

「ほうではありません。もう少し腰を据えていてもらいたいです」

大河は苦笑するしかなかった。それに嬉しかった。おみつが言うべきことをはっきり言うようになったこともあるが、おれには手綱を締めてくれる人がいなければならぬと自覚しているからだ。そんな人が最も近いところにいたと思うと感激でもある。

「おみつ、おまえは……」

そう言うと、おみつは思い違いしたのか慌てたように尻をすって下がり、

「言葉が過ぎたのでしたら申しわけありません」

と、頭を下げた。

「いや、謝ることはない。おまえの言うとおりだ」

「怒っていないのですね」

「怒るものか」

大河はハハハと快活に笑った。

四

日の暮れから風が強くなり木枯らしが吹いていた。

お玉ヶ池の家で書き物をしていた清河八郎は筆を置き、隙間風に揺れる燭台(しょくだい)の炎を短く見つめ小さく嘆息すると、妻のお連(れん)に声をかけた。

「すまぬが茶を持ってきてくれぬか」

すぐに台所のほうから返事があり、清河は火鉢の炭を整えた。そのとき玄関の戸が激しくたたかれるとともに、がらりと開けられる音がした。

「清河さん、いらっしゃいますか？」

声は山岡鉄太郎だった。

「ここにいる。ずいぶん慌てているようだが、何かあったか？」

声を返すと、すぐに山岡が座敷口にあらわれた。

「伊牟田さんが妙な動きをしています」

「妙とは……」

清河は尋常ならざる胸騒ぎを覚えた。お連が茶を運んできて、山岡さんにもお持ちしますと言った。

「お連、すまぬが席を外してくれ。茶はいらぬ」

清河は人払いをして、

「不穏なことだな」

と、声を低めて山岡をまっすぐ見た。

「ご存じでしょうが、伊牟田さんは常から外国の公使館を狙っていました。しかし、公使は警固がかたくて狙いにくい。狙うなら自国と幕府の橋渡しをする通辞だと話しています。通辞がいなければ、幕府との掛け合いに支障を来します。取り決めたこともその分遅れるでしょうし、時を稼ぐことで破談もあり得ます」

「前置きはよい。伊牟田がどうしたというのだ？」

「アメリカの公使館に向かったようなのです。いえ、向かっています」

「ひとりか？」

「神田橋直助（かんだばしなおすけ）と樋渡八兵衛（ひわたりはちべえ）も同道しているようです」

清河は唇を嚙んだ。三人とも元薩摩藩士で、「虎尾の会」の同志だ。伊牟田尚平と清河の付き合いは、目の前にいる山岡より長い。清河は伊牟田の考えもよく理解していた。

「アメリカの公使館に向かったというのはたしかであるか？」

「……おそらく。伊牟田さんの家を訪ねてわかったことです。戸が開いていましたので、近所に出かけているのだろうと思い、勝手に居間に上がって待っていたのですが、そのときに書き散らされた半紙があったので片づけていますと、アメリカ公使の名前と通辞の名前、さらに公使館の場所などが書かれており、簡略な地図までありました」

「公使館に向かったというのは誰に聞いた？」

「同じ長屋の者です。伊牟田さんが出かける折に顔を合わせ、どちらへお出かけですかと訊ねたら、麻布だと言ったといいます」

アメリカの公使館は麻布の善福寺に置かれている。山岡はつづける。

「ひとりで出かけたのかと問いますれば、他に二人いたと言います。それでどんな仲間だったと聞けば、神田橋と樋渡だとわかったのです。それは間違いありませぬ」

清河は短いため息をついて腕を組んだ。

この年のはじめにはフランス公使館が放火され、横浜ではオランダ商船の船長が斬殺されている。その下手人は不明のままだ。

それに、不安や心配事もある。外桜田門で井伊直弼が殺されて以来、自分を含め「虎尾の会」の同志たちへの幕府の目が厳しくなっている。いま厄介な事件を起こされると、「虎尾の会」は自滅することになる。

「止めに行くことはできぬか？」

清河は組んでいた腕を解いて山岡を見た。

「止められるかどうかわかりませんが、ひとっ走りします」

山岡はそう答えると、さっと立ち上がった。清河の「頼んだ」という言葉も聞かずに、玄関を飛び出していった。

「こりゃあ、家に戻ったら熱いのをもう一杯やらなければならぬな」

大河は重太郎の家で酒を飲んでの帰りだった。重太郎の話はいつも面白くためになるが、この頃、他の者と同じように攘夷(じょうい)だ尊皇だとかの話が出る。その度にしらけるのだが、大河は黙って聞くしかない。

——勝海舟(かつかいしゅう)を知っておるか？

目を一段と厳しくして重太郎に聞かれたとき、大河はどこかで聞いたような気はするが、それは誰ですかと問い返した。

もし凄腕の剣客なら是非にも立ち合いたいと思ったのだが、

――なんだ知らぬのか。ならば教えてやる。

大河は目を光らせて重太郎のつぎの言葉を待った。

――勝は長崎の海軍伝習所のとりまとめ役をやり、その後江戸に戻り、築地の海軍操練所で教授方頭取を務めたのち、咸臨丸でアメリカにわたった男だ。

その話なら徳次から聞いたはずだと思いだしたが、勝海舟の詳しいことは知らない。

――アメリカから帰国すると、海軍操練所を離れ蕃書調所に勤めるようになった。それはそれでよいのだが、勝は西洋かぶれをしてまわりの者に欧米の産業がいかにすぐれ、日本がいかに遅れているかを吹聴しとるらしい。欧米列強に負けぬためには、広く開国をして欧米の叡智を学び追いつくことこそがいまの日本に求められていると、さようなことを触れまわっていると聞いた。まったく馬鹿にもほどがある。天皇は開国をやめ、鎖国に戻し攘夷を強く推し進めよとおっしゃっているのだ。

そういう話をはじめる重太郎は、しゃべりながら興奮しているようだった。

――おぬしは尊皇だ攘夷だということにあまり拘っておらぬようだが、ときには真剣に考えるべきだ。いまはそういう世の中の流れになっておる。遅れを取ってはならぬ。剣術も大事だが、いまの幕府はどうあるべきか、向後の日本をどうすべきか、さようなことにこだわりを持つのは悪くない。

――わたしに諸国の志士のようになれとおっしゃいますか……。

――大河、おぬしは剣術で飯が食えればよいと、そう考えておろう。それはそれでよいが、剣術馬鹿のおぬしを見ていると、ときどき歯痒くなるのだ。

――先生、お小言なら酒の席でないときにお願いします。

――まったくおぬしというやつは……。

重太郎はやれやれと首を振って、ちょっと酒が過ぎたなと我に返った顔になった。

それで小さな酒宴はお開きになったが、大河は重太郎が鳥取藩池田家に仕官してから少し変わったと思わずにはいられなかった。

「先生、おれは開国でも鎖国でも、どっちでもいいんですよ」

大河は歩きながら独り言をつぶやいた。足許を提灯で照らしながら歩くが、強い木枯らしが吹きつけてくるので、体を少し倒して歩かなければならなかった。

桶町の通りから南伝馬町に出たときだった。

「山本さんではありませんか？」

声をかけてきた男がいた。大河が提灯をかざすと、山岡鉄太郎だった。急いでいるらしく息を切らし、額に汗を浮かべていた。

「なんだこんな刻限に？」

「じつは大変なことが起きるかもしれぬのです。もしよければ力を貸してもらえませんか」

山岡は近づいてきて頭を下げた。

「大変なことが起きるとは……？」

山岡は一度まわりに視線をめぐらしてから、清河に話したことをそっくり口にした。

「思い過ごしであればよいのですが、もしわたしの考えが的中していたら大きな騒ぎになります。なんとしてでも引き止めなければならぬのです」

「伊牟田らがどこにいるかわかっておるのか？」

すべてを聞いた大河の酔いは醒めていた。人殺しを知って知らんぷりはできない。たとえ相手が異人であっても、清河が口にした三人とは大河も少なからず面識がある。無闇に罪人にすべきではない。

「おそらくアメリカの公使館のある善福寺です」

「場所はわかるのだな」

「朧気ながらわかります」

「ならば急ごう」

大河は山岡を促して早足になった。

五

その頃、伊牟田尚平は神田橋直助、樋渡八兵衛と、二人の助っ人とともに麻布にある善福寺のアメリカ公使館を見張っていた。

日が暮れかかった頃に通辞のヒュースケンが馬に乗ってあらわれた。しかし、もう二人の騎馬があり、四人の徒侍が従っていた。

伊牟田らは襲撃の機会を窺いながら尾行したが、まだ日の暮れ前で人の目が多いこともあり、逸る気持ちを抑えなければならなかった。

ヒュースケン一行が向かったのは、善福寺の公使館から小半刻ほど歩いたところにある赤羽の接遇所だった。赤羽応接所とも呼ぶが、外国の使臣の宿舎となっており、また幕府役人との交渉の場に使われていた。

このときはプロイセン王国使節の宿舎になっており、同使節団は幕府と通商条約締結のための助言をもらうために、ヒュースケンを日を置かず招いていたのだった。

「今夜はあきらめぬ。帰りには必ず命をもらう」

接遇所の近くには小さな空き地があり、楢や椎の木が生えていた。その林のなかに伊牟田たちは身をひそめていた。

「伊牟田、今夜を逃したらいかがする？」

神田橋が低声で問いかける。風が冷たく、気温はさらに下がっていた。寒さに耐えなければならない。

「今夜はしくじらぬ。我が命に代えてもヒュースケンを殺す」

伊牟田は両手に息を吹きかけた。空には三日月が浮かんでいるが、叢雲に呑み込まれたり吐き出されたりしている。

目の前の接遇所は門を入ったところに広い庭があり、正面の母屋の他に、奥にもう一棟建っていた。母屋の玄関には皓々とした灯りがあり、ときどき人の影が映った。

庭につながれた馬が小さくいななき、風が土埃を舞い上げている。

「まだ戻ってこぬか」

襲撃場所の見当をつけに行っていた樋渡が助っ人の二人と戻ってきた。

「まだだ。話し合いはすぐには終わらぬだろう。プロイセンは条約を結ぶために必死だ。ヒュースケンの助言を細かく聞いているに違いない」

伊牟田はヒュースケンの動向を、ここ半月ばかり綿密に調べていた。今夜、接遇所に通うだろうという見当もつけていたが、その推測は的中していた。

「それでどうだったのだ？」

伊牟田は樋渡に問うた。暗がりにひそんでいるので、みんなの顔は黒い闇に塗り込まれており、目だけが小さく光っていた。

「おそらく来た道を帰りも使うはずだ。襲うなら赤羽橋の北側の広小路、あるいは中之橋(なかの)近くだ」

赤羽橋も中之橋も新堀(しんぼり)川に架かっている。ヒュースケン一行は善福寺の公使館を出ると、新堀川に沿うように北側の道を使って接遇所に入っていた。

「どっちがいい？」

伊牟田は樋渡を見る。

「広小路は町屋のそばだ。番屋があるし、赤羽橋の際には床番屋もある。まあこんな夜分だから、さっさと仕留めたら逃げるだけだから広小路でもよいが、中之橋の北側なら番屋もないから騒ぎになっても、役人は調べに手間取るだろう」

伊牟田は少し考えてから答えた。

「よし、ならば中之橋の北で決行しよう。ヒュースケンらが出てきたら、気取られぬようにして尾けろ。相手に隙があるならその途中でやってもいい。みんな、そういうことだ」

伊牟田はそばにしゃがんでいる仲間をゆっくり眺めた。みんな黒い影になっている。

「それにしても寒いな」

伊牟田は両手をこすり合わせて息を吹きかけた。

空に浮かぶ三日月は、細りはじめた下弦の月だった。ときおり強く吹く風が、その空を音を立てて吹きわたっていた。

伊牟田とその仲間たちは寒さに耐えながらヒュースケン一行の帰りを待った。接遇所の玄関が開いたのは、それから半刻たつかたたないかであった。

「やつらが出てきた」

最初に気づいた樋渡が仲間に知らせた。みんなは息を殺し、白い細い息を吐きながら刀の柄（つか）に手をやった。

「おれが合図するまで動くな」

伊牟田はヒュースケンの乗った馬を見て忠告した。

接遇所の庭には十数人の影があったが、三人の男が門を出たところで馬に跨（また）がると、数人の男たちが見送るような合図をして言葉を交わした。

騎馬に乗った三人はそのまま接遇所をあとにした。馬のまわりには四人の徒侍がついている。一行は広小路に出た。

「行くぞ」

林のなかに身をひそめていた伊牟田が立ち上がって、ヒュースケンらを尾けはじめた。夜闇のなかに騎馬の三人が浮かぶ。ひとりはヒュースケンだ。

一行は赤羽広小路から新堀川の北側沿いの道を進む。右側にある心光院（しんこういん）の前を過ぎる。その先は御被官衆の町屋敷がならんでいるが、どこもひっそりと夜の闇に沈んでいる。

中之橋の先は町屋となっていて、ところどころに掛け行灯（あんどん）のあかりが蛍のように浮かんで見える。

「やるぞ」

伊牟田が声を発して刀を抜き払った。あとにつづく者たちも刀を抜き足を速めた。

ヒュースケン一行との距離が詰まる。かぽかぽと、馬の蹄だけがのどかだが、手甲脚絆に鉢巻き、襷掛けをした伊牟田らは決死の覚悟で間合いを詰めた。

「待たれよ！」

伊牟田は強い声を発した。同時に刀を振り上げて駆けた。

ヒュースケン一行が振り返って驚き顔をする。突然のことに狼狽えたか、供をしていた徒侍は危険を察知して蜘蛛の子を散らすように逃げた。

「放っておけ」

伊牟田は徒侍を追おうとした仲間に忠告すると、

「ヘンリー・ヒュースケン、天誅である！」

「オー・ノー」

先頭の騎馬の男が狼狽の声を漏らした。伊牟田はいっきに駆け寄るなり斬りかかった。馬が驚いていななき、ヒュースケンは落馬した。

そこへ伊牟田が一撃を見舞った。どこを斬ったかわからない。ヒュースケンは地を這って逃げようとする。

樋渡が立ち塞がり、ヒュースケンの腹のあたりを刺した。

「うぐぅ……」

ヒュースケンは短くうめいてうつ伏せになって動かなくなった。弱い月夜では血も見えない。

「やった、やった、やったぞ」

樋渡が刺した刀を抜いて後じさった。

伊牟田はまわりを見た。

ヒュースケンの馬が橋のそばで立ち止まっている。他の馬に乗っていた二人は二町ほど離れたところでこちらを見ていた。供の徒侍(かちざむらい)の姿は見えない。

「逃げるんだ」

伊牟田はそう言うなり、刀を鞘(さや)に納めて橋をわたり、新堀川沿いの道を東へ駆けた。神田橋と樋渡がついてくる、助っ人の二人もいる。

「止(とど)めを刺さなかった」

しばらく行ったところで、神田橋が伊牟田に言った。

「深く腹を刺したのだ。生きてはおれぬ」

樋渡が応じた。

「とにかく遠くへ逃げるんだ。いまはそっちが先だ」

伊牟田は仲間を窘めて先を急いだ。

六

大河と山岡は、善福寺の参道脇にいた。その寺がアメリカ公使館だというのはわかっていた。

しかし、なんの動きもない。寺内は静かで夜の闇に覆われているだけだ。境内の大銀杏の上に浮かぶ三日月が、ゆっくり叢雲に呑み込まれ、あたりが一層暗くなった。

「どうする？　なんの動きもなければ、伊牟田らのいる気配もない。山岡、おぬしの思い違いではないのか」

大河は少し腹が立っていた。山岡は幕臣で身の上としては格上であるが、道場ではいまや大河のほうが上だから、呼び捨てた。

「思い違いならよいのですが……」

「もう半刻はここにいるんだ。伊牟田も清河塾の者もいないだろう。見ろ、まわりは闇で、犬の声しかしないではないか。おまけに寒くてかなわん」

大河は肩をぶるっとふるわせ、手をこすり合わせた。

「帰ろう。とんだ無駄足だった。無駄足でよかったのだろうが……」

大河は参道を離れ、提灯をつけるために膝を折ってしゃがんだ。そのとき慌ただしい蹄の音が聞こえてきた。

大河が顔を上げると、闇のなかから一頭の馬が疾駆してきて、参道に駆け入ったかと思うと、馬を飛び下りた男が何やら喚きながら宿舎に消えていった。

「なんだ……？」

大河がつぶやけば、山岡もなんでしょうと首をかしげる。

「とにかく帰る。おぬしは好きにしろ」

「山本さん、ご立腹ですか？　もしご立腹ならお詫びいたします」

山岡は律儀に頭を下げる。

「腹など立てておらぬ。おれは寒いだけだ」

そこで提灯に火をつけたのだが、今度は善福寺の境内から十数人の男たちが飛び出してきた。騎馬もそれにつづく。慌ただしい動きは尋常ではない。

「何かあったのだ」

大河は提灯の火を吹き消して山岡を見た。

「様子を見ましょう」

山岡は物陰に身を隠す。大河も倣って暗がりに入った。大勢の者たちが目の前を慌ただしく通り過ぎていった。

「尾けてみるか……」

大河はそう言う矢先に歩き出していた。山岡があとにつづく。

善福寺から出て行った者たちは十数人。騎馬がその者たちを追い越して走り去り、あとの者は先を急ぐような早駆けである。大河と山岡も小走りであとを追った。

行きついたのは新堀川に架かる中之橋の北側広場だった。そこには人だかりがあり、慌ただしい動きがあった。

野次馬となった人垣を払っている者がいれば、戸板を運んでくる者がいる。大河は野次馬を押しのけながら前に進み出た。異人が戸板に乗せられているところだった。

わけのわからない言葉と、「医者だ、医者だ」と言う声。そして、誰が襲われたのだという声。異人が斬られたという声もあった。

「山本さん」

山岡が凝然とした目を向けてきた。

大河と山岡は騒ぎの場を離れると、伊牟田が間借りしている三河町の長屋に向かった。

「もし、伊牟田さんらの仕業だったら『虎尾の会』も安泰ではありません。下手をすれば清河さんも獄に繋がれる恐れがあります」

荒い息をしながら山岡が言う。

「『虎尾の会』は解散になるということか……それはそれでしかたないだろう。身から出た錆だ」

「伊牟田さんらは『虎尾の会』に迷惑がかからないように、わたしや清河さんに黙っていたのです」

「山岡、もうそんなことはいい。とにかく伊牟田を捜して話を聞くのが先だろう」

しかし、伊牟田の長屋はもぬけの殻だった。調度の品や夜具は残っていたが、身

「どうする？」

大河が問えば、

「伊牟田の家に行きます」

と、声をひそめて言う。

「ならばおれも行く」

のまわりのものは見あたらなかった。

「夕方来たときには書き物があったのだが、それがなくなっている」

山岡が呆然（ぼうぜん）とした顔で言う。

「それじゃヒュースケンを斬って一度戻って来、また出て行ったってことだ。捕まったら、死罪は免れぬぞ」

「わかっています。とにかく清河さんに知らせることにします」

大河は面倒なことに関わりたくはなかったが、行きがかり上付き合うことにした。それに山岡と夜道を歩いているときに、清河に対する不信を募らせていた。言いたいこともある。

清河は山岡を待っていたらしく、玄関に出てくるなり、早く入れと促し、大河に気づいて、

「どうして山本さんが……」

と、怪訝（けげん）な顔をした。

「善福寺に行く途中で偶然会い、付き合ってもらったのです」

「とにかく話を聞きたい」

座敷に上がると、山岡はヒュースケンが襲われたことや、伊牟田が行方をくらま

していることを話し、中之橋の現場での騒ぎを付け足した。

「はやまったことをしてくれた」

すべてを聞き終えた清河は、首を振ってため息をついた。

「はやまったことかどうか知らぬが、清河さん、あなたはいったい何を考えておるのです？　おれにはよくわからぬ。攘夷だ尊皇だと騒いで天下国家がどうなるものではないでしょう。挙げ句人を殺すようなことを……。やっていることを正道だと考えているんですか？」

大河は清河をにらみつけた。他に言ってやりたいことがあったはずだが、口から飛び出したのはそんな言葉だった。

「正道です。山本さん、あんたにはわからぬかもしれぬが、いずれわかるときが来る。この国は変わらなければならぬし、幕府も変わらなければならぬ。天皇は攘夷を推し進めよとおっしゃっている。それなのに、幕府は逆のことをしていながら、公武合体をはかり、皇女和宮を降嫁させようと画策している。我等のような草莽の志士が立ち上がるのはいましかない」

「人を殺してまでも回天の先駆けになると申すか」

大河は言葉を選ばずに清河をにらんだ。

清河はしばらく黙り込んでいた。そして深い息を吐くと、

「山本さん、今夜のこと他言無用に願えませんか。あなたは何も知らない、何も見なかった。そうでなければ、あなたにも累が及ぶかもしれない」

と、忠告めいたことを口にした。

「なんだ、その累とは？」

「もしものことがあれば、あなたも獄に繫がれるかもしれぬということです」

「馬鹿な」

大河は吐き捨てた。

「かまえて他言無用に……」

清河は両手をついて頭を下げた。

第六章　挑戦者

一

「馬、きさまは清河塾に出入りしているそうだな」

大河は柏尾馬之助を凝視した。

「はい、面白うございます」

馬之助はけろりとした顔で答えた。

年が明けた万延二年（一八六一）正月のことだった。

場所は桶町道場だ。

「おれは感心せぬ。清河さんは幕府に目をつけられている。塾の門弟然りだ。近づくととんだ火の粉を被る（かぶ）ことになるかもしれぬぞ」

「どういうことでしょう」

何も知らない馬之助は澄んだ瞳（ひとみ）で大河を見る。年が明けて道場での初稽古（はつげいこ）から数日たっていたが、門弟の数は以前より少なかった。鳥取藩池田家の子弟ばかりでなく、諸国大名家の子弟も少なくなっている。

井伊大老暗殺から水戸徳川家と鳥取池田家には、幕府から疑惑の目が向けられていた。それはお玉ヶ池の玄武館と、桶町千葉道場にも向けられていた。

師範の重太郎も目付の調べを受け、玄武館の道三郎にも調べが入っていた。むろん、暗殺には関与していないので事なきを得ているが、公儀目付は依然として門弟らへ疑いの目をゆるめていなかった。

「幕府はこの道場に目を光らせている。お玉ヶ池然りだ。そして、清河塾はアメリカの通辞が殺された一件で疑われている。清河さんはそんな話をしないか」

「いえ、とんと……」

馬之助は目をしばたたく。おそらくヒュースケン暗殺について清河も山岡もかたく口を閉ざしているのだろう。

大河はヒュースケンが襲撃された翌日に事切れたことを噂で聞き知ったが、その下手人については何も口にしなかった。もちろん、清河塾の元薩摩藩士・伊牟田らの仕業だと決めつけるものは何もないので、下手なことは言えない。

「できることならしばらく清河塾から足を遠ざけろ。おれからの忠告だ」

「……わかりました」

馬之助はそう言ったが、納得顔ではなかった。

大河は「攘夷だ」「尊皇だ」「公武合体だ」などといった話が嫌いだった。そんな話をしてなんのためになる。

天下国家を論じる前に、おのれの修練をおろそかにする者が嫌いだった。

だからといって、それを前面に出して言葉にはできない。なぜなら師範の重太郎や胸襟を開いて話せる道三郎もそういったことを口にするからである。

大河の口は自ずと重くなった。周囲の者たちへの鬱憤を晴らすように、ひたすら稽古に打ち込み、技に磨きをかけることに一心になった。

上段からの十文字、青眼からの大和突き、上段からの小車、八相から雲龍剣……。

これらの技は試衛館に遊びに行って覚えたことだ。

近藤勇や沖田総司が好んで使うのを見て、体得していた。

その他に、白刃抜きという居合いもある。これは抜き様の一刀で敵を斬り、即座に納刀するという一瞬の早技だった。

いずれも攻撃をするときに有効であるが、敵が斬り下げてくるときに上段から一閃（いっせん）の早技で敵の刃をそらして斬る受け技もあった。

受け技には青眼から刀を一度引きつけて、敵の刃をかわして斬りつけるものや、引きつけて突きを送り込むといった技もあった。

試衛館の門弟で大河に勝る者はいないが、天然理心流の技には興味があった。

ただ大河の欲求は満たされることがない。それは自分より強い相手を見つけられないこと、自分に挑んでくる者がいないことだった。

他流試合は禁じられていないので、いつでも受けて立つ覚悟があるのに、名乗りをあげてくる者は皆無だった。

「京は荒れているようです。長州や薩摩、土佐の浪士が幕臣をつぎつぎと襲っていると言います。そのために腕の立つ人が市中の警固にあてられていると言います。だから腕の立つ人は京に集まっているようです」

ある日のことだった。そんなことを言ったのは、玄武館の真田範之助だった。

「その話はおれも聞いたことがあるが、ほんとうだろうか？」

大河は範之助に訝（いぶか）しげな顔を向けた。

「どうやらほんとうのようです。山本さんも京に上ってひと暴れされたらどうでしょう？」

「馬鹿を言うな」

「わたしはその機会があれば京に行ってみたいと思っています」

「行ってどうする？」

「腕を試すのです。辻斬りを見つけてたたっ斬る」

範之助はにやりと笑う。

「おぬしも変わったな」

大河はそう言うと、馬鹿な考えは捨てることだと窘めた。

その後、清河や山岡と顔を合わせることはなかったが、その二人が危惧していた伊牟田尚平らの消息は不明であった。

二月十九日に、万延から文久に改元になった。

これは黒船来航以来、国内が混乱していることを憂慮した孝明天皇の判断だった。

その改元からしばらくたった二月二十九日、桶町千葉道場に不幸の知らせが入った。

故・千葉周作の四男、つまり道三郎の弟・多門四郎が二十四歳の若さで夭逝したのだ。

千葉一門はしばらく喪に服し、多聞四郎の御霊を悼んだ。

道場の再開は八日後であった。

悲しいことが起き、市中にはまた誰かが暗殺されるという不穏な噂が流れていた。暗殺されるのは老中であるとか、イギリス公使であるといったことで、各国公使は横浜に逃げたり、公使館の警備を強化したりした。

そんなある日、大河におみつがあることを伝えた。

二

「わたし、やや子ができたみたいです。いえ、できたのです」

おみつは恥ずかしそうな顔をして、自分の腹をさすった。

「まことか！」

大河は目をみはった。

「ええ、どうもこのところおかしいので、角のおばさんのところに行って話をしたら、そうだと言われました」

角のおばさんというのは、町の取り上げ婆のことだ。

「それでいつ産まれる？　男か女か？」

大河は胸を弾ませておみつにすり寄った。

「おそらく三月になるだろうから、十月か十一月ではないかと……男の子か女の子か、それはわかりませんけど……」

「そうか、それはよかった。いやおめでたいことだ。おみつ、元気な子を産んでくれ。できることなら男を産んでくれ」

大河は頬をゆるめ、おみつの手を取り、そしてその腹をやさしく撫でた。

「喜んでくださるんです」

「あたりまえだ」

おみつは少しかたい表情をしていたが、ほっとしたようににっこり微笑んだ。

「わたし、叱られたらどうしようと思っていたんです」

「馬鹿、叱ったりするものか。いや、よかったよかった」

大河は心底嬉しかった。自分の子ができる。じつはひそかにおみつとの間にできる子のことを考え、そしてその日を待っていたのだ。

この頃、気持ちが重くなる陰惨な話や悲しい出来事が多かっただけに、おみつの妊娠を聞いて、大河の気持ちは久しぶりに軽くなった。

大河がおみつに子ができたという嬉しい話を最初に打ち明けたのは、玄武館の宗家・道三郎だった。

「ほう、それはまことに喜ばしいことだ。おぬしも晴れて親となるか」

道三郎も素直に喜んでくれた。

「弟に死なれるわ、公儀目付には疑われるわで、心穏やかでなかっただけに、いい話だ。さりながら、おみつ殿のことはどうするのだ？　このまま曖昧なままではいかぬだろう。祝言を挙げたらどうだ？」

「それはわたしも考えているのです。こうなったからには、きちんとけじめをつけるべきではないかと」

大河は以前のように道三郎に気安い言葉は控えるようになっていた。年は同じでも、やはり道三郎は北辰一刀流の三代目宗家であり、玄武館の師範だ。そのことをさりげなく注意したのはおみつだった。

「子が生まれるとわかったからには、夫婦の契りを結ぶべきだろう」

「道三郎さんもそう思われますか？」

「思うに決まっておろう」

「祝言と言っても、あまり大袈裟なことは控えたいと考えます。おみつは駆け落ちして、その相手を亡くし、その二人の間にできた子も亡くしています。それにわたしは実家を追われたような男ですから」

「ささやかでいいではないか。おみつ殿もきっとそう願っているはずだ。よくよく話しおうて決めるとよかろう」

「そうします」

「ところで大河、久しぶりにわたしとやってみないか。自分の腕が鈍っているような気がしていかぬのだ。もはやおぬしには勝てぬだろうが、揉んでくれぬか」

言われた大河はきらっと目を輝かせた。望むところである。

「揉んでくれとは、ご謙遜を」

「どうだ」

「もちろん喜んで」

早速二人は道場に移って対峙した。稽古中の門弟たちがいたが、彼らは大河と道三郎が真剣な試合をするとは思っていないのか、各々に汗を流していた。

「さあ」

中段に竹刀を構えた道三郎が気合いを発し、前に出てきた。大河も同じく中段で隙を窺う。さらに道三郎が間合いを詰めてくる。

大河は息を殺し、道三郎の動きを警戒する。道三郎が稽古不足だというのはわかっているが、油断はできない。

その道三郎が動いた。左足を踏み込みながら突きを送り込んできたのだ。居合いの技である。突き出された竹刀は瞬時に上段へ移り、そのまま斬り込むように打ち下ろされている。そのとき道三郎は右足を踏み込んでいた。

大河はとっさに竹刀を水平にして受け流し、そのまま胴を抜きに行ったが、下がってかわされた。

（やはり宗家だけある）

大河は感心する。道三郎の動きや技は、父・周作譲りで華麗であり力強い。

だが、感心している場合ではない。久しぶりに骨のある相手との立ち合いに、大河の心は高ぶっていた。

「おしッ」

大河は気合いと同時に臍下（せいか）に力を入れると、前に出ていった。怖れずに攻撃を仕掛ける。

正面から小手を狙い、即座に面への二段突き。さらに道三郎が下がるのを追い込み、上段から面を打ち込んで一本決めた。

「相変わらず、おぬしの打ち込みは鋭いな。まいった。よし、もう一番だ」

道三郎が気を取り直して竹刀を構え直す。

大河も静かに竹刀を構えて間合いを詰める。道三郎も詰めてくる。動きには一切の無駄がない。頭と腰の高さが常に同じで、腕にも肩にも力みがない。それなのに、足のさばきが絶妙だ。踏み込んでくるのか来ないのか、その見極めが難しい。

だが、大河は道三郎が小手を打ちに来たのを見るや、素早く小手を打ち返した。わずかに外されて両者は間合い二間に下がり、再び詰めて行く。

道三郎の呼吸は読めない。大河も自分の呼吸を読めないように息をしている。間合い一間になったとき、両者は同時に面を打ちに行った。相打ちになるところだが、大河はわずかに体を右へひねってそらし、そのまま道三郎の横面を打った。

「大河、さすがだ。まいった」

道三郎は籠手を外し、面を脱いで清々しい顔を向けてきた。

「今日は勝ちを譲ってもらっただけでしょう。それに道三郎さんが稽古不足だというのはわかっています」

「追従はいらぬさ。おぬしの力量は並ではない。それはこのおれがよく知るところだ」

二人はならんで座り、汗をぬぐい、しばらく門弟らの稽古ぶりを眺めた。やはり以前より通ってくる門弟は減っているようだ。

「山岡は来ていますか？」

大河が訊ねると、道三郎はここしばらく顔を見ていないと言った。

「清河さんはどうです？」

「あの男はとんと顔を出さなくなった。自分で塾を開いているから、そっちが忙しいのだろう」

大河は武者窓の向こうに見える若葉を眺め、ヒュースケン襲撃の夜に清河に厳しい言葉を投げつけたことを思い出した。

その清河が大河に助けを求めてくる事件が起きたのは、しばらくのちのことだった。

三

「尾けられてはおらぬな」

日本橋の茶屋に逃げ込むように入った清河八郎は、自宅からいっしょに出かけてきた石坂周造に問うた。

「姿は見えませぬ。うまくまいたようです」

葦簀の陰から通りを見ていた石坂が振り返った。

「まったくしつこい。まるで罪人ではないか」

清河はぼやいてから茶屋の女に茶を注文した。それでも気になり、表に視線を向ける。

「もう心配いらぬでしょう」

石坂が同じ床几に腰掛けた。

「伊牟田らが余計なことをしたこともあるが、わたしは同志の誰かが漏らしたのではないかと思うのだ」

清河は声を抑えて言う。

「それはないと思いますが、漏らしたとすればいったい誰が……」

「わからぬ」

清河が発足した「虎尾の会」はこれといった運動に移っていなかった。それも発足して間もなく、井伊大老が襲撃されるという事件があったからで、下手な活動をすれば幕府ににらまれると危惧したからだった。

しかし、攘夷派の水戸や薩摩の脱藩浪士は派手に動いている。

それは未遂に終わったが、水戸浪士によるハリス襲撃計画からはじまったと言ってよかった。つづく襲撃事件は、横浜にてロシア海軍軍人が襲われ二人が斬殺された。犯人は不明だったが、清河は水戸浪士だと見当をつけていた。

さらに横浜の外国人居留地にて、フランス領事館の従僕が殺害された。これも犯人は捕まっていない。つづいて、イギリス公使の通辞を務めていた小林伝吉が、公使館の前で刺殺されている。これも犯人不明である。

その直後にはフランス公使館への放火があり、横浜に停泊していたオランダ商船の船長と乗員への傷害事件が発覚した。やはり犯人はわからずじまい。そして、ヒュースケン暗殺である。

ヒュースケンの事件以外は、「虎尾の会」とは関係ないが、公儀目付の監視の目が厳しくなっていた。しかし、清河はその監視の目をかいくぐって、外国人居留地焼き討ちをひそかに企てていた。

その計画が漏れた節があるのだ。だから計画は中止するしかなかった。

「伊牟田らが捕まっていれば、あの者たちから……」

「いや、それはないはずだ」

清河は石坂の憶測を否定するように首を振った。そのとき茶が運ばれてきたので、二人は口をつぐんだ。

ヒュースケンを襲った伊牟田らが捕まっていれば、必ず耳に入ってくる。清河はその情報を得るツテを作っていた。

「では、山本大河……」

石坂は声をひそめてつぶやく。

「それは考えられぬ。あの男はそんな姑息なことはしない。わたしにはわかる。だが、惜しい男だ。是が非でも同志になってもらいたいのだが、あの男は……」

清河は大河の顔を思い浮かべ、もう少しいまの世情を理解してほしいと思う。されど、大河の気持ちを自分に引き寄せることができないというもどかしさがあった。

「今日の会合ですが、意味あるものになるでしょうか？」

石坂が話を変えた。二人はこれから水戸浪士らの集まりに参加する予定だった。水戸家はいま二つの派閥に分かれ、穏やかではなかった。ひとつは「激派」と呼ばれる一派で、あくまでも尊皇攘夷を唱える者たちだ。もう一派は「鎮派」と呼ばれ、幕府の方針に阿っている者たちだった。

よって藩重臣らも分裂気味の状態だった。それも前藩主の斉昭が薨去してから顕著になっている。

「さあ、どうであろうか。蓋を開けてみなければわからぬ。天狗党のことをあれこれ聞いてみると、さほどの者たちではなかった」

　天狗党は故・徳川斉昭が藩政改革に着手したときに結成された急進派で、尊皇攘夷を強く訴えながら、常総界隈で活発な動きをしていた。その一派が横浜の異人や居留地を襲うという噂は以前からあった。

　先の居留地での襲撃事件などは天狗党の仕業ではないかという憶測もあったが、真相は究明されていない。

　清河は天狗党のことを詳しく聞き調べたが、ただの烏合の衆だと結論づけていた。思想の根幹が弱く低いのだ。

「さて、そろそろまいろうか」

　清河は茶を飲み終えてから石坂を促した。

　水戸浪士らの集まりは日本橋に近い料理茶屋の二階座敷で行われた。集まったのは十人ほどだったが、水戸浪士らの話は清河が期待していた天下国家論ではなかった。巷で起きている騒擾事件がほとんどで、それを肴に酒を飲むという体たらくであった。

業を煮やした清河は、

「ただ、酒を飲んで世間で起きている小事を噂しあってもつまらぬとは思いませぬか」

と、水戸の浪士らを眺めて言った。

「小事とは何事だ。人を斬ったはった は命に関わること、小事ではあるまい」

ひとりが反論した。清河は落ち着きはらって反論した。

「ここにお集まりの方々は、わたしが『虎尾の会』を率いているのをご存じのはず。その会の主意は尊皇攘夷に他ならないが、その心意気は書経から取っている」

水戸の浪士たちは突然の真面目話にしらけ顔をしたが、清河はかまわずにつづけた。

「いざ事を起こすにあたって、心の憂慮は虎尾を踏み、春氷(しゅんぴょう)をわたるごとしでござる。みなさんが胸を張って憂国の士だとおっしゃるなら、相敵(かたき)する者は醜虜(夷(い)狄(てき))とその罪を同じと考え、たとえ相手が王侯将相であろうとこれを斬る覚悟でござる」

「大言でござるな。いや、それはご立派」

浪士のひとりが冷やかすようなことを口にした。相手が酒に酔っているとわかっていても、清河はこの集まりに来たことを後悔した。

酒をひと息にあけると、

「わたしはそろそろお暇いたします」

と言って、席を立った。

「つまらぬ者たちであった」

表に出るなり、清河は石坂にぼやいた。

「ただの宴会でございましたからね。あれでは先が思いやられます」

「まったくだ。石坂、飲み直すか。なんだか気分が悪い」

「わたしもです」

二人はそのまま日本橋をわたり、どこかに適当な店はないだろうかと思いながら歩いた。すでに日は暮れ、空には星がまたたいていた。通りのあちこちに居酒屋や小料理屋の灯りがある。

「よお、しばらく」

声をかけられたのはそれからすぐのことだった。足を止めて振り返ると、二人の男が立っていた。大小を差した浪人風情だ。だが、目つきがただ者ではなかった。

（幕吏か）

昼間尾行していた目付とは違ったが、他の目付が変装していると思った。

「なんでござろう？」

「清河八郎殿だな。尊皇攘夷を謳い、下衆を集めて先生面をしている男であろう。とんだ食わせものだ」

その言い方に、清河は腹を立てた。

「喧嘩を売っておるのか？」

「買ってくれるならその気になってもよいぞ」

相手は小馬鹿にしたように言い放ち、冷笑を浮かべた。

「無礼千万！」

清河は怒鳴ると同時に抜き様の一刀で、相手に斬りかかった。肩口から血を噴き出した相手はその場に倒れたが、もうひとりは突然のことに驚いて尻込みをし、

「刃傷だ！　刃傷であるぞ！」

と、大声を発した。

通行人が立ち止まり騒ぎに目を向ければ、あちらこちらの店の窓や戸が開いて人が出てきた。

「人殺しだ！　人殺しだ！」

斬った相手の仲間が叫ぶように大声を張った。

「清河さん」

石坂がここは逃げるべきだと促す。清河もそうすべきだと思った。斬ったのはよくなかったが、もはや後戻りはできない。

清河は刀を鞘に納めると、そのまま足早に立ち去った。自宅屋敷のほうには人が多かったので、足は反対の方角に向かった。

四

大河が晩酌をはじめてすぐのことだった。玄関の戸が遠慮がちにたたかれ、訪う低い声があった。おみつが応対に出て、すぐ大河のそばに戻ってきた。

「あなた、清河様が見えています」

「清河さんが……上げてくれ」

「いえ、それが呼んでくれとおっしゃるんです」

大河は一度玄関のほうを見て、なんだろうと思い立ち上がった。

玄関の表に清河と石坂が立っていた。

「いかがされました？」

「山本さん、頼まれてもらいたいことがある」

清河は普段と違い落ち着きがなかった。

「先ほど日本橋のそばで人を斬った」

大河は眉宇をひそめ、

「どういうことです？」

と、戸を閉めて清河と石坂を表に促した。

「おそらく目付だと思う。『虎尾の会』の同志は、井伊大老暗殺があって幕府に目をつけられている。ヒュースケンが襲われてからその監視は厳しくなっている。今日も尾けられていたのだが、斬った相手は目付でなくても幕吏に違いない。因縁をつけられたので、つい斬ってしまったが、はやまった」

清河は唇を噛んで、まわりを気にする。夜道には人の通りはほとんどなかった。

「殺したのですか？」

「わからぬ。深傷を負わせたつもりはないが、斬った相手には供連れがあった。その者がわたしのことを知っている。このまま家に戻ればおそらく捕まるだろう」

「どうするんです？」

「逃げる。ついては頼まれてもらいたい。家には妻と熊三郎がいる。二人は咎めを受けぬだろうが、わたしが戻ればどうなるかわからぬ」

「どこへ逃げるのです？」

「これから考える。ときどき迷惑を承知で手紙をこちらに出す。そのことを妻に伝えてもらいたい」

「同志にも折を見てこのことを伝えてもらいたい」

石坂だった。

「承知しました。しかし、路銀は？」

清河はしまったというふうに顔をしかめた。

「待ってください」

大河は家のなかに戻ると、財布をつかんで表に引き返した。

「持っていってください」

財布を受け取った清河はしばらく手許を見て、

「恩に着ます」

頭を下げると、石坂を促して楓川のほうに歩き去った。大河はその姿が見えなくなるまで見送って、家のなかに戻った。

うまく逃げおおせることができればよいがと思いながらも、身の程知らずのことを考えるからこんなことになるのだと、清河の失態をなじった。

「何かあったのですか？」

居間に戻った大河に、おみつが心配そうな顔を向けてきた。

「たいしたことではない」

打ち明けるわけにはいかないのでそう言うしかないが、大河は陰鬱な表情を隠すことはできなかった。

晩酌の酒が妙に苦いものになり、これで「虎尾の会」も解散だろうと思った。

それから幾日もたたず、清河の人相書が出まわった。

——酒井左衛門尉 家来 出羽庄内 清河八郎三十くらい。江戸お玉ヶ池居住。丈高く太り候ほう。顔角張り。総髪。色白く鼻高く目鋭し。

庄内藩主家来というのは誤りであるが、幕吏はそう決めつけたようだ。

大河は人相書を見て、ついに手配りされたか、これで清河八郎の志は断たれたと思った。願わくはうまく逃げて生きのびてもらいたいと祈るだけである。

それから数日後のことだった。大河の知らぬところで、またもや攘夷派志士の狼藉事件が起きた。

この事件の首謀者は、水戸の脱藩浪士・有賀半弥を頭とする総勢十四人だった。彼らは「尊攘大儀のため」という趣意書を持っており、事件前日の夜、品川の妓楼「虎屋」にて決別の儀式を行っていた。

目的は高輪の東禅寺に公使館を置く、イギリス公使のラザフォード・オールコックを殺害することだった。

有賀ら攘夷派浪士はオールコックが長崎から江戸に向かう際、陸路で旅をして東禅寺に入ったことに、

「夷狄である異人どもが神州日本を穢した！」

と、憤激したのであった。

事件当日、五月二十八日の夜四つ（午後十時）頃、有賀ら十四人の浪士は、東禅寺の公使館に押しかけるや、警固にあたっていた外国御用出役の旗本と、郡山藩・西尾藩の警固兵の制止を、

「きさまらは夷狄に味方する逆賊であるか！」

と、恫喝するなり乱戦に及び、公使館に乱入しオールコックの命を狙った。

しかし、この襲撃は失敗に終わった。書記官のオリファントと長崎領事のモリソンは負傷したが、オールコックは難を逃れた。

また警固にあたっていた藩士も三人が死亡し、十数名の負傷者を出していた。乱入した有賀と同志の古川主馬之介（ふるかわしゅめのすけ）、小堀寅吉（こぼりとらきち）は闘死し、他の者は逃げるかその場で捕縛されていた。

この事件は日を置かず、市中の者の知ることになったが、攘夷派浪士による暴挙には誰もがあきれるか、ひそかに煽（あお）ったりもした。

大河もイギリス公使館襲撃事件を知ることになったが、それより清河八郎の行方が気になっていた。手紙を出すと言ったのに、一月たっても二月たってもないのだ。

（もしや捕まったのでは……）

そんな危惧（きぐ）もあったが、無事を祈るしかなかった。

五

赤子を身籠（みご）もったおみつの腹は日に日に膨れていった。大河はときどきその腹を撫（な）で、

「早く生まれぬかな」

と、その日を待ち遠しく思った。

気になっていた清河から手紙が届いたのは、夏の盛りが過ぎた七月の終わりだった。

清河は川越から草津に移り、その後、越後を経て仙台へ移ったことがわかった。手紙には妻のお連や弟・熊三郎、そして同志の身を案じてあった。

大河は返事を書くのに苦労した。なぜなら「虎尾の会」の同志はことごとく小伝馬町の牢に入れられたからである。妻のお連も弟の熊三郎然りだ。

大河はそのことを書くべきかどうか躊躇ったが、いずれ知れることになるのだからと正直なことをしたためて返事をした。

それ以来、清河からの音信は途絶えた。

「大河、水戸家は大変だ」

いつものように桶町の道場に出ると、重太郎が声をかけてきた。

「大変だとおっしゃるのは……？」

「東禅寺を襲った浪士たちがいるだろう。あの一件で、幕府は水戸家に攘夷派の藩士への謹慎を命じたのだ。殿様はその下知に従い、問答無用で攘夷派の志士を投獄しているらしい」

「そうでしたか」

声を落として応じた大河は、だからお玉ヶ池の玄武館が閑散としているのだなと思った。

たまに顔を出すたびに見知った門弟の数が減っているので、どうしたのだろうかと思っていた矢先だった。

「それはそうと、おぬしに立ち合いの申し出があった」

大河はさっと重太郎の顔を見た。

「相手は練兵館の塾頭を務めている渡辺昇という男だ」

「塾頭だった桂小五郎殿はどうしたのです？」

「桂は国許の長州に帰ったそうだ。それから同じ練兵館の者で、太田市之進という者も立ち合いたいと言っているらしい。いかがする？」

「いかがも何もありません。わたしには断る言い条がありませんから……」

大河はここしばらく他流試合を行っていないし、自分の腕がいかほど上がっているかを試したくなっていただけに、久しぶりに心が躍った。

「場所はここでやることにした。先方からそう望んでおるのでな」

「以前はわたしが出かけていましたから、そのお返しということですか」

大河は冗談交じりに応じた。

「渡辺昇という男は肥前大村藩の者で、斎藤歓之助の指南を受けて腕を上げ江戸に来ているらしいが、歓之助殿からおぬしのことをあれこれ聞いているようだ。江戸に来てからは弥九郎殿の教えを受けさらに技に磨きをかけたらしい」

重太郎の言う弥九郎とは、練兵館を創立した斎藤弥九郎ではなく、その長男の新太郎である。父・弥九郎が隠居したので、新太郎が襲名しているのだった。

「それは楽しみですが、いつ試合を？」

「おぬしの返事を待ち、追って知らせるということだ」

それから数日後のことだった。

試衛館から正木町の家に使いがやって来て、

「近藤先生が襲名披露の野試合を行うことになりました。ついては、是非にも山本様にご参加いただきたく存じますが、いかがなものでございましょう」

と、大河は打診された。使いに来たのは藤堂平助という若者だった。

「それは嬉しい誘いであるが、野試合はいつどこで行われるのだ？」

「府中にあります六所宮という神社です。日取りは八月二十八日でございます」

大河は少し考えてから、

「承知した。ただし、参加できるかどうかいま返事はできぬ。はっきりしたことがわかったら使いを出すことにいたす」

と、返答すると、使いにきた藤堂は眼光鋭くにらんできた。

「山本さんは、かなりの使い手だと伺っております。一度お手合わせいただけませぬか」

「腕に自信があるようだな。いまいくつだ？」

「十八です」

「おれもその年の頃には強い相手を探しては、いろんな方と試合をしていた。自分の腕に自惚れてもいた。勝ったり負けたりで悔しい思いもしたが、いろいろと学ぶことがあった」

「わたしは以前、玄武館にいました。その頃から山本さんの話は聞いていましたし、何度かお見かけしてもいます」

これは意外だった。

「ほう、さようであったか。それは失礼した」

「玄武館にいたのは長くありませんが、その後、深川の伊東道場で稽古を積んでいました」

「伊東道場というと、同じ北辰一刀流であるな。師範は伊東甲子太郎殿であったか……」

大河は伊東のことを耳にしていたが、詳しいことは知らなかった。

「さようです。伊東先生も、一度山本さんとお手合わせ願いたいとおっしゃっています」

「ほう、それはまた嬉しいことを。とにかく近藤さんの襲名披露の件は、追って知らせることにする。よろしく伝えてくれ」

藤堂平助はわかりましたと、一礼をして去って行った。

大河は楽しくなってきた。練兵館から試合の申し込みがあれば、同じ流派ながら道場を異にする伊東甲子太郎とも試合が組めそうだ。

天然理心流四代目宗家を継いだ近藤勇の襲名披露の件を、大河はいろいろ考えた末に断ることにした。

他流派の襲名披露試合であるし、また場所が府中では日帰りできる距離ではない。行けば二、三日潰すことになる。それに、おみつの腹はますます膨らみ、その身を案じてやらなければならない。また、重太郎に代わっての師範代の仕事もある。

「くれぐれも丁重に断りの挨拶をしてくれ」

大河は断りの書状と祝いの扇子を徳次に持たせて使いに出した。

「それじゃ行ってきます」

大河が徳次を見送っていると、反対の道から買い物に行っていたおみつが戻ってきた。腹が大きくなっているので歩くのが億劫そうだ。

「遅かったではないか」

「またおしゃべりのおかみさんに捕まったんです。これ持ってください」

大河は買い物籠を受け取った。

「おしゃべりのおかみというのは、青物屋の女房か」

「そうです。なんでも奥山に行ったらしいんですけど、そこに大きな黒い犬のような獣の見世物をやっていたらしくて、そのことをあれこれと、まあ詳しく話すんです」

「どうせ作り物だろう?」

「それが本物だとおっしゃるの。角が生えていて、チャウチャウという獣らしいのですけど、蛮語ではないと言います」

「蛮語でなきゃ、どこの国の言葉だ？　チャウチャウなんてこの国の言葉ではなかろう」

「そうです。あ、それから角のおばさんに会いまして、あれこれ話をしたんですけど、おそらく産み月は、十一月だろうとおっしゃいました。何十人も取り上げているからだいたいわかるそうなのです」

取り上げ婆は角のおばさんと、近所で呼ばれているが、名前は花といった。五十前後の大年増だ。

「十一月か……」

大河は小さくつぶやき、夕日に染まっているうろこ雲を眺めた。自分の子がもうすぐ生まれると思うと、その日が待ち遠しくてならない。

その翌日、練兵館の渡辺昇と太田市之進との試合の日取りが決まった。

九月三日である。

大河はその日まで自己鍛錬に励み、身につけた技に磨きをかけていった。

六

「九段へ行ったついでに練兵館に立ち寄ってきた」

それは試合前日のことだった。稽古を終えた大河が道場で汗を拭いているところへ、外出をしていた重太郎がやって来て言ったのだ。

「九段とおっしゃると、元飯田町の刀剣屋ですか」

重太郎は元飯田町に贔屓の刀剣屋があった。九段坂の下にある店だ。

「新しい刀を押しつけられたのだが、つい求めてしまった。しかし、これはわたしのものではない」

「と、おっしゃいますと……」

大河は汗を押さえて重太郎を見る。

「少し早いが、おぬしへの祝いだ。子もできる。それにわたしに代わってよく務めてくれている。納めてくれ」

重太郎は風呂敷を解いた。真新しい桐箱があらわれ、蓋を取ると、見事な拵えの施された一振りが姿をあらわした。

「これは……」

大河は目をみはって、新しい刀と重太郎を交互に見た。

「孫六兼元だ」

大河は教えられて息を呑んだ。公儀首切り役として名高い山田浅右衛門が極上々吉の大業物と讃えた銘刀である。

牛馬革を重ね巻きした柄巻。栗色金虫喰朱うるみ塗りの鞘。道場に差し込む表の光を照り返し、大河の驚きながら喜ぶ顔を映してもいる。

「斯様なものを。まことによいのでございますか……」

大河は信じられないといった目で重太郎を見る。

「おぬしは日本一の剣士になる男。このぐらいの刀を腰に差しておかぬと、様にならぬだろう。さあ、気持ちよく納めよ」

大河は尻をすって後ずさりすると、深々と頭を下げ、

「嬉しゅうございます。嬉しゅうございます。ありがとう存じます」

と、感極まった声で礼を言った。

重太郎は満足そうに微笑みうなずいていた。刀は安くない。それも業物となれば、安くても三、四十両はする。孫六兼元ならその倍はするかもしれない。

「大河、明日の試合。勝ちを譲ってはならぬぞ」

重太郎は有頂天になって喜ぶ大河に、戒めるような顔を向けた。

「承知です」

「北辰一刀流の力を大いに見せつけてくれ。それから、練兵館に立ち寄っていろいろ話を聞いてきた。あの道場は長州の者が多い。藩士の多くは尊皇攘夷だ。水戸家

や池田家と同じで、いまの幕府に信を置いておらぬ」

重太郎はこの頃そんな話をよくするようになった。それも鳥取藩池田家に仕官したせいであろう。だが、大河はこういう話に耳を傾けはするが、そのほとんどを聞き流している。

「世の大勢はいまや幕府ではなく、朝廷に傾いている。京には尊皇の志士が集まっているらしい。もちろん、その者たちは天皇と同じくあくまでも攘夷を謳っているそうだ」

「京が荒れているという話は聞きますが、やはりさような志士が暴れているんでしょうか？」

「どうもそのようだ。京にいる幕吏らも手を焼いていると聞く。それはそうと、明日の試合の相手である渡辺昇はなかなかの手練れらしい。もっとも塾頭を務めるぐらいだから、かなりの力量だというのはうなずけるが、稽古の鬼で、ときに試衛館へ行って鍛錬しているようだ」

「渡辺が試衛館に……」

「さような話だ。渡辺は大村藩の上士だが、稽古相手を選ばぬということだろう」

上士は一概に武人としての矜持を持っている。試衛館は主君を持たぬ浪人の集まりで、そのほとんどが百姓の出だ。普通なら上士はそんな者たちを相手しない。しかし、渡辺は違うらしい。相手を選ばず、力を選ぶという男なのかもしれない。するとなかなか手強い男だと考えなければならない。

「もうひとりの太田市之進という男はどうなのです？」

相手がどんな男であるか知っておくのは無駄ではない。むしろ知るべきだ。

「こちらは長州の藩士だが、二十歳そこそこの若者だという。しかし、斎藤弥九郎殿が認める力を持っているそうだから油断できぬだろう」

「どんな技を使うのでしょうか？」

「そこまでは聞かなかった」

重太郎はそう言うと、ゆっくり立ち上がり、そのまま道場を出て行った。

道場に残った大河はあらためて、もらったばかりの孫六兼元を眺め、丁寧に桐箱に戻して家路についた。銘刀をもらった嬉しさで浮き足立っていたが、明日の試合のことも忘れてはならなかった。

そして、試合当日となった。

大河の久しぶりの他流試合である。聞きつけた門弟らは稽古(けいこ)が終わっても、試合を見学しようと帰らない者が多かった。

練兵館の渡辺昇と太田市之進が桶町道場にあらわれたのは、昼四つ（午前十時）前だった。六人の供を従えていたが、そのなかに仏生寺弥助（ぶっしょうじやすけ）の顔があった。大河が弥助に気づくと、へらっと口許（くちもと）をゆるめ小さく頭を下げた。相も変わらずであるが、大河は笑みを返してやった。

渡辺昇は肉付きのよい顔で、薄い眉（まゆ）の下にある目に油断のない光を宿していた。道場に上がり、下座の壁際に座るまでの足の運びに無駄がない。

（なるほど、あやつできるな）

大河は渡辺を観察しながら思った。

太田市之進は背は高いが、細身の男だった。二十歳そこそこだと聞いていたが、老け顔なのかもう少し年上に見えた。こちらも足の運びがしっかりしていた。

重太郎が二人を迎えると、渡辺と太田は大河を紹介され、そして二人は簡単な自己紹介をした。

「まあ、世間話をするような場ではないから、早速はじめるが、お二方はよろしいかな」

重太郎が渡辺と太田に訊（たず）ねる。二人はいつでもかまわないと返事をする。

「ならば早速にも」

七

渡辺と太田は自分の道具（防具）を持ってきていた。太田は垂・胴・面・籠手と順番につけたが、渡辺は胴をつけただけで面は被らなかった。それを見た重太郎が、

「わたしが検分役を務めるが、先に太田殿が相手ですな」

と聞けば、太田が「さようです」と返事をして立ち上がった。

「勝負は三番でお願いします」

渡辺が重太郎と大河を見て言った。これで三番勝負と決まった。

道場内は見物の門弟らの低声でわさわさとしていたが、支度を終えた大河が立ち上がると、一瞬にして水を打ったような静けさになった。

大河は一礼ののちさっと竹刀を突き出した。太田がそれに合わせて竹刀を中段に取る。

「おりゃあ！」

大河はいきなり道場にひびきわたる胴間声を発した。太田が気合いを返してきたが、すでに気合い負けをしていた。

大河は摺り足を使ってゆっくり詰めてゆく。面のなかにある太田の目が光る。

（さあ、どんな手を使ってくるのだ）

大河には余裕があった。心中で来いと吐き捨てる。太田は物怖じせずに詰めてくるなり、突きから小手を打ってきた。小気味よい動きだった。

だが、突きも小手も大河は切っ先でいなしていた。一旦下がった太田が気を取り直して前に出てくる。中段から上段に竹刀を移した瞬間、左足で床を蹴って上段から打ち込んできた。

「めーん！」

気合いと同時にぱしっと小気味よい音がして、太田の竹刀が横に流れた。体勢を崩して片膝をつきそうになったが、持ちこたえて中腰で竹刀を構え直した。

大河は余裕を持って待った。すでに自分の相手ではないとわかっていた。おそらく玄武館の真田範之助と互角では戦えるかもしれないと思った。

渡辺昇との対戦を控えているので、大河は早めに勝負をつけることにした。

間合いを詰めてきた太田は大上段に構えた。胴はがら空きである。だが、練兵館の神道無念流を軽視してはならない。「真を打つ」渾身の打突は、斎藤歓之助と対戦したときに経験している。

されど、大河のなかに打たせてみたいという遊び心が生まれた。わざと、すっと前に出た。打ってくれと言わんばかりに竹刀を下段に移してもやった。

案の定、太田が打ち込んできた。渾身の一撃と思われた。だが、その一撃が大河の面をとらえるより一瞬早く、喉元(のどもと)に突きを食らっていた。

太田の体は後ろへ一間ばかり飛んで、板壁に背中を打ちつけた。面が外れ、口から泡を噴きこぼし、目が白くなっていた。

「おおっ」

道場内にどよめきが広がり、練兵館の者たちが呆気(あっけ)に取られた顔をしていた。太田は気を失っていたが、仲間の介抱ですぐ正気を取り戻した。それでも腰をふらつかせていた。

これでは三番勝負にならないと思ったのか、

「千葉先生、太田の立ち合いはこれまでにしてください」

と、渡辺昇が断りを入れた。

重太郎もそれが無難だと思ったらしく、大河にそれでよいなという顔を向けてきた。大河はうなずいて、道場の中央で渡辺を待った。

渡辺は練兵館の塾頭だけあって、最初の立ち合いでは大河の出方を待った。試衛館に稽古をしに行っているらしいので、近藤勇や他の門弟たちから大河のことはいろいろ聞いているはずだ。斎藤歓之助や仏生寺弥助からも話を聞いているだろう。

大河はなかなか出てこない渡辺に焦れて、先に仕掛けた。渡辺は右へ左へとすりかわし、右へまわり込んだり、詰める足を止めて下がったりして、大河の攻撃を防いだが、いつまでもできることではない。

渡辺が左へまわろうとした瞬間、大河の竹刀が電光の早技で小手を打った。一本取られた渡辺だが、動揺はしていない。落ち着いた顔でつぎの勝負に臨んだ。

大河に疲労はなかった。それに楽しくなっていた。ただ無心になり、相手の隙を探し、そこへ打突を送り込んで倒す。いろいろ試行錯誤を重ねながら鍛錬し、行き着いたのがそこだった。

むろん、それで終わりではないとわかっている。自分でもわからない剣の極意は、もっと遠くにあると考えている。その到達点へ少しでも近づきたいというのが、いまの大河の頭には常にある。だから余計なことなど考えたくない。尊皇だ攘夷だ、公武合体だなどといったことに惑わされたくなかった。

渡辺が気合いを発しながら打ちかかってくる。大河は受けにまわりながら、渡辺の持っている技を見極める。しかし、特別な技を繰り出すことはなかった。足のさばき方も体の使い方も、そして竹刀の使い方も見事である。

天然理心流のような荒々しさはない。練兵館が得意とする強い打突も目をみはるほどではない。それでも剣術はうまい。試合巧者と言うべきだろう。

攻撃をつづけていた渡辺が短い間を取った。呼吸を整えながら、右八相に構え直す。大河が右足を踏み出すなり、渡辺の竹刀が円を描くように動き、大河の横面を打ちに来た。

かわすと、下から斬り上げるように竹刀を振ってくる。つづいて突きから小手であった。

一連の動きは渡辺の得意の技だろうが、大河には通用しない。大河は十本の指では足りない技を身につけているが、実戦では相手がどんな動きをするか読めないので、臨機応変さが求められる。技を実戦で通用させるには、ただひたすら錬磨するしかない。

渡辺が正面から打ち込んできた。だが、その直前に大河は素早く身を寄せた。そのために渡辺の打ち込みは中途半端で終わり、竹刀をつかんでいる両腕は伸びきったままだ。

大河は渡辺を肩で押すようにして離し、即座に面を決めた。強い打突だった。

重太郎が大河の勝ちを認める声を上げる。渡辺の目の色が変わっていた。上気した顔に汗の粒が浮かんでいる。

大河は涼しい顔で竹刀を構え直して前に出る。剣術にはさまざまな技がある。しかし、勝負を一瞬で決めるのは、打突の速さと強さである。そのためにはおのれの動きを相手に悟らせてはならない。

先に二敗している渡辺は一矢を報いようと激しく攻め立ててきた。

大河はすり落とし、すり払いながら、小手を打ち返す。打突が弱いと〝決め技〟とは認められないのが剣術だが、これが真剣なら渡辺の腕はすでに負傷している。だから大河は相手の竹刀を毫も自分の体に触れさせない動きをする。

渡辺の竹刀は空を切るか、いなされるだけだ。大河の体に触れることもできない。いつしか渡辺の呼吸が乱れていた、肩も激しく上下している。

渡辺は呼吸を整えようと思ったのか、急に大きく下がった。ところが、そのまま竹刀をだらりと下げた。

「まいりました。かないません」

渡辺はうめくような声を漏らし、竹刀を脇に収めて頭を下げた。

一瞬、道場内がしーんと静まり返った。聞こえるのは渡辺の激しい息遣いと、表で鳴く鵯（ひよどり）の声だけだった。

「山本さんは、噂にたがわぬ腕をお持ちでした。手も足も出ません。相手をしていただき、ありがたき幸せ。礼を申します」

渡辺が自分の席に戻ってあらためて頭を下げると、供をしてきた者たちも揃（そろ）って頭を下げた。

「おぬしの腕もさることながら、あの渡辺はなかなか潔くて気持ちのよい男であったな」

重太郎は練兵館の渡辺たちが道場から去ったあとで、そう言って大河に小さな笑みを向けた。

練兵館の渡辺昇と太田市之進との試合が終わったあと、大河の暮らしにさしたる変化はなかった。道場に通い門弟に稽古（けいこ）をつけ、そして自己鍛錬をするという毎日である。

そして、十一月七日、おみつが元気な子を産んだ。大河は男の子をと、心中で祈るような気持ちだったが、生まれてきたのは女の子だった。

期待外れではあったが、それでも初めての自分の子である。嬉（うれ）しさは幾分少ないながらも我が子の顔を見ると、自然に頬がゆるむ。

生まれたのは雪の日であったから、名前を「雪（ゆき）」とつけた。

また、徳次の親・吉田屋五兵衛にいつまでも世話になっているわけにはいかないので、大河は同じ正木町に新たな家を借りた。

年の瀬はあっという間にやって来て、町の者たちは正月の支度に忙しく動いていた。大河の家も同じで、大掃除をし、正月飾りの注連縄（しめ）や門松の用意をした。

そんな頃、深川中川町（なかがわ）にある伊東道場の使用人が、一通の書状を持ってきた。

「これをおわたしするようにと頼まれましたので、しかとおわたしします」

使いに来た男がすぐに帰ろうとするので、大河は「待て待て」と呼び止めた。

「これは誰からの書状だ？」

「道場の伊東甲子太郎先生です」

試衛館にいる藤堂平助の師匠だと、大河は思い出した。

「そうであったか。ご苦労であった」

使いの者が去ると、大河は座敷に戻って書状を広げた。それは試合の申し込みだった。

暮れの忙しいときにこんな書状を送る非礼を詫（わ）びてあり、大河の噂をかねてより耳にしてどうにも気になってしかたなく、一度相手をしてもらいたいと書かれていた。

そして、もし都合がつくようであれば、年が明けて松の内の過ぎた正月八日に、深川中川町の道場に来てもらいたいとあった。

「伊東、甲子太郎……」

大河は書状を丁寧に畳んで、明るい日差しを受けている障子を眺めた。

「よかろう。どんな者でも、やりたいと言うなら受けて立ってやるさ」

大河は独りごちて口の端に不敵な笑みを浮かべた。

本書は書き下ろしです。

大河の剣（六）

稲葉 稔

令和４年 11月25日　初版発行

発行者●山下直久

発行●株式会社KADOKAWA
〒102-8177　東京都千代田区富士見2-13-3
電話　0570-002-301（ナビダイヤル）

角川文庫 23427

印刷所●株式会社暁印刷
製本所●本間製本株式会社

表紙画●和田三造

ISBN 978-4-04-113097-1　C0193

◇◇◇